WITHDRAWN

W9-CYC-282

WITHDRAWN

Lo que está y no se usa nos fulminará

Lo que está y no se usa nos fulminará

PATRICIO PRON

LITERATURA RANDOM HOUSE

Papel certificado por el Forest Stewardship Council®

Primera edición: enero de 2018

© 2018, Patricio Pron
© 2018, Penguin Random House Grupo Editorial, S.A.U.
Travessera de Gràcia, 47-49. 08021 Barcelona

Penguin Random House Grupo Editorial apoya la protección del *copyright*.
El *copyright* estimula la creatividad, defiende la diversidad en el ámbito de las ideas y el conocimiento,
promueve la libre expresión y favorece una cultura viva. Gracias por comprar una edición autorizada
de este libro y por respetar las leyes del *copyright* al no reproducir, escanear ni distribuir ninguna
parte de esta obra por ningún medio sin permiso. Al hacerlo está respaldando a los autores
y permitiendo que PRHGE continúe publicando libros para todos los lectores.
Diríjase a CEDRO (Centro Español de Derechos Reprográficos, http://www.cedro.org)
si necesita fotocopiar o escanear algún fragmento de esta obra.

Printed in Spain – Impreso en España

ISBN: 978-84-397-3373-7
Depósito legal: B-22.954-2017

Compuesto en La Nueva Edimac, S. L.
Impreso en Unigraf (Móstoles, Madrid)

RH 33737

Penguin
Random House
Grupo Editorial

Aquí, dijo Fe, todo el mundo lucha y sufre, los niños dan vueltas y más vueltas en círculo, desarrollando su belleza primero y luego su furor.

GRACE PALEY

—Me llamo Joseph Cassel.
—Joseph, ¿quiere decirnos algo más?
—Sí. Que soy Dios.

MILTON ROKEACH

ÍNDICE

SALON DES REFUSÉS

> La condena de Valéry a la novela es un re-
> chazo del vértigo de los posibles narrativos
> que se abren ante cada situación y ante cada
> frase. [...] La novela es un arte combinatorio.
> Narrar es tomar decisiones.
>
> RICARDO PIGLIA

1

A lo largo de ese mes también muere el escritor que ella más
admira; no es el mejor de su país, ni el más popular, ni aquel
que ha obtenido la mayoría de los galardones que se otorgan
en él, pero sí el que a ella más le gusta, el más afín a su sensi-
bilidad, *o mejor*, a su idea de lo que la literatura puede y, even-
tualmente, debe ser, o al menos de lo que la literatura debe ser
para gustarle a ella; es decir, para gustarle tanto como la obra
del escritor que ella más admira y que −como hemos dicho−
muere, también, a lo largo de ese mes.

No: el escritor ha muerto hace algunos años; es decir, ha pasado tiempo ya desde su muerte y un día ella compra una

autobiografía que el escritor ha dejado incompleta al morir, o, *mejor todavía*, que ha dejado completa antes de morir, lista para ser enviada a imprenta. Quizás la ha completado poco antes de su deceso y ha correspondido a su viuda —si la tiene— la tarea de pasarla en limpio y corregir los pequeños errores que un sujeto agonizante puede cometer en lo que escribe, si lo hace. *No, mejor:* la mujer del escritor ha muerto hace algunos años, antes que el escritor, y éste no ha designado albacea: la publicación de su autobiografía se ha hecho sin que se requiriese el consentimiento de nadie, o sin que éste pudiera ser obtenido, en nombre del interés público por la obra, es decir, por su comercialidad, que tal vez también haya sido tenida en cuenta por el escritor a la hora de destinar a su autobiografía el lugar que le ha otorgado en la sucesión de sus libros, y no otro, el de aquello que concluye y cierra lo que podríamos llamar una obra. *No*, el escritor jamás ha tenido en cuenta tales cuestiones, y sencillamente ha escrito su autobiografía sabiendo que iba a ser su último libro. *(No, no sabiéndolo en absoluto, aunque quizás sospechándolo.)*

Nuestra joven lee la autobiografía en el transcurso de dos o tres noches. (*No, mejor*, de cuatro noches: es una obra extensa, como corresponde al resumen de una vida, incluso al resumen indulgente y parcial de una que puede hacer quien, comprensiblemente, en vez de documentar su vida, la ha vivido.) Nuestra joven tiene la impresión de que la autobiografía constituye una suerte de anticlímax en relación al resto de su obra que la lleva a perder interés en todos los otros libros del escritor que —obsérvese el tiempo verbal— alguna vez admiró, unos libros que alguna vez consideró extraordinarios y, descubre ahora, salieron, sin embargo, de un fondo informe de hechos pueriles. Al igual que muchos lectores, ella cree que lo extraordinario sólo puede surgir de lo extraordinario,

y que las circunstancias banales de la vida de un escritor con-
vierten a su literatura en banal: cuando termina la lectura,
nuestra joven reúne todos los libros del escritor muerto y se
desprende de ellos.

(*No, ella no puede creer eso*: de hecho, ha comprado y leído la
autobiografía del autor, lo que significa que, en términos ge-
nerales, tiene interés en la vida de los escritores. Quizás es la
primera autobiografía de uno que lee, y por esa razón es que
descubre en ella que los escritores tienen vidas pueriles. *No,
mejor:* ella ha leído ya otras biografías de escritores, y también
autobiografías: es una lectora, es decir, es alguien que ha pasado ya por todo esto antes; pero, igualmente, la lectura de la
autobiografía del escritor que más admiraba −el pretérito es
deliberado, por supuesto− la decepciona, no debido a la calidad del texto sino por el talante de su protagonista, y se desprende en cuanto puede de todos los libros del autor que
tenía en su casa.)

No, no, la historia no puede ser esta ni terminar de esta forma; mejor digamos que no se desprende de todos los libros que tiene
del escritor que más admira; su interés en él, de hecho, aumenta cuando, en su autobiografía, lee a éste confesando un crimen cometido en la juventud. El crimen es terrible y su
confesión es innecesaria porque, como el propio autor admite, el delito fue atribuido con su complicidad a otra persona,
que fue condenada y murió en la cárcel. Una de muchas pa-
radojas: la confesión no contribuye a que nuestra joven pierda interés en el escritor al que −el pretérito no cabe aquí− ella
más admira, sino que lo aumenta: a diferencia de muchos
lectores, ella no cree que lo extraordinario sólo pueda surgir
de lo extraordinario, y que las circunstancias banales de la vida

de un escritor conviertan a su literatura en banal. (Por otra parte, el crimen que confiesa el escritor no tiene nada de banal.) Ni ella ni los otros lectores que el escritor ha dejado tras de sí sabrán nunca si lo que narró en su autobiografía fue una ficción o un hecho real, pero esa incertidumbre pondrá bajo una óptica nueva y ambigua todo lo que ha escrito, lo que calificó como ficción y aquello que dijo que no era una ficción, que dijo que era su propia vida.

2

Un día, cuando ya prácticamente ha olvidado aquel horrible crimen ficticio o real que el escritor que más admira contó en su autobiografía póstuma, ella lee un artículo en la prensa acerca de otra autobiografía, de un escritor que conoció al escritor que ella todavía más admira y que lo frecuentó con asiduidad; en la autobiografía, que acaba de ser publicada, hay una simetría: su autor también cometió un horrible crimen, aunque éste no constituye el más estremecedor de los hechos que narra –pese a que lo narra con una fruición por el detalle en la que el escritor que ella todavía más admira nunca cayó, interesado como parece haber estado a lo largo de toda su obra, si se exceptúa un primer libro, inmaduro y precipitado, del que se retractó en cuanto pudo mediante la elisión y el silencio–, sino que, el otro escritor –el que frecuentó con asiduidad al escritor que ella todavía más admira, aunque lo frecuentó sobre todo en su primera juventud, cuando ambos eran alumnos de una universidad prestigiosa– cuenta también episodios eróticos con su madre y posteriormente con una de sus hijas, una propensión a las drogas en la que ninguno de sus conocidos, dice el artículo, reparó nunca, un placer por fin hecho público por ser humillado, azotado por hombres y mujeres y orinado en el rostro, por ser violado por desconocidos en estaciones de autobuses y en parques de la periferia. No hay explicación alguna en el artículo acerca de cómo el escritor que frecuentó en su primera juventud al escritor que ella todavía más admira pudo ocultar esas inclinaciones durante tanto tiempo a sus amigos más cercanos, ni sobre por qué quiso hacerlas públicas en una autobiografía que, en una segunda simetría, también ha sido publicada tras su muerte, con lo que parece ser la anuencia de su hija y de su viuda a pesar de que ambas son retratadas grotescamente en la obra.

No, en realidad sí se explica el asunto en el artículo, y la explicación concierne también a la autobiografía del escritor que ella todavía más admira: según el artículo, el escritor que ella todavía más admira y el que lo frecuentó en su primera juventud se pusieron de acuerdo para escribir hace años ya, en esa primera juventud y cuando todavía eran autores por completo desconocidos, sus respectivas autobiografías, no ya de lo que habían vivido, sino de lo que creían que iban a vivir y les sucedería; así, sus autobiografías han tenido el carácter de una prolepsis que sirvió a sus autores de hoja de ruta y también de advertencia: el escritor que ella todavía más admira no cometió el horrible crimen que se atribuye, su colega consiguió reprimir la atracción erótica que sentía por su madre y que, imaginó, iba a sentir por su hija si alguna vez tenía una, no se excedió en las prácticas sadomasoquistas, mantuvo a lo largo de su vida un aura de respetabilidad, etcétera. Su acuerdo y una visión muy singular, pero compartida, acerca de para qué sirve la literatura deben de haber sido increíblemente fuertes, tanto como para que ambos, al final de su vida, y ya siendo escritores reputados, cumpliesen con la voluntad de publicar sus autobiografías, juveniles y anticipatorias, pese al descrédito que esto les acarrearía.

No, no es eso lo que se dice en el artículo que ella lee. En el artículo se dice que el acuerdo entre ambos fue otro, y que es tardío: poco antes de morir, los dos amigos, el escritor que ella admira y el escritor que lo frecuentó asiduamente en su temprana juventud –pero también, como es evidente ahora, en su vejez– acordaron que iban a escribir dos autobiografías, pero que cada uno de ellos iba a escribir la del otro, sobre la base de lo que sabía y de lo que podía imaginar; el otro aceptaba publicarla cualquiera fuese su contenido, movido por el convencimiento de que las personas públicas –los escritores, por ejemplo, aunque la naturaleza pública de su trabajo sea motivo de discusión y más una aspiración que un hecho cierto– deben producir narrativas «objetivas» de sus vidas, y que esa objetividad, que en realidad no se debe esperar de ellos, puede ser proporcionada por otro sujeto si éste conoce bien al biografiado; por ejemplo, si ha compartido con él a lo largo de toda su vida un amor por la verdad –cualquier cosa que esto signifique– que justifique el sinceramiento póstumo consistente en publicar la obra más personal posible, que es siempre la que ha escrito otro en nuestro nombre.

Al final del artículo se pone de manifiesto, pues, que la autobiografía del escritor que ella todavía más admira es obra del escritor que lo frecuentó asiduamente, y que la de éste último fue escrita por el escritor que ella todavía más admira. Nuestra joven protagonista compra la segunda de las autobiografías y vuelve a reconocer en ella al escritor que más admira, sus frases sinuosas y, aparentemente, no siempre gramatical o sintácticamente correctas, cualquier cosa que esto signifique y valga lo que valga. Así que vuelve a comprar todos sus libros y los relee en los años siguientes, con placer. *(No, no los compra porque nunca se ha desprendido de ellos.)*

(No, el artículo no dice eso, en realidad: dice que ambos escritores han escrito sus autobiografías imaginarias al final de su vida, contando sólo lo que ellos han recordado, inventándoselo deliberadamente todo, sin investigar nada, convencidos de que nadie los reconocería en las vidas que narran —las cuales, como decimos, son imaginarias— sino en la forma en que han sido narradas, en la mirada que las ha propiciado y que es lo único que un lector puede conocer, en realidad, de un escritor, incluso aunque éste escriba su autobiografía, hacia el final o en cualquier otro momento de su vida.)

No, no es cierto: en realidad, la lectora —que todavía no ha leído la autobiografía póstuma del escritor que admira, que la ha comprado pero no la ha leído y es posible que no la lea ya: *no, la va a leer, pero la va a abandonar a las pocas páginas*— sueña en alguna de las noches en que tiene al lado de su cama la autobiografía del escritor que admira y se propone leerla, aunque de momento no la lee porque regresa exhausta de su trabajo a casa y aun tiene que encargarse de su hijo, que es pequeño y todavía la necesita mucho, más incluso de lo que parecía necesitarla cuando era más pequeño pero su padre aún vivía con ellos, antes de que se marchase por alguna razón que ni él ni ella han comprendido todavía, es decir, en el momento en que tiene lugar todo esto, o sea, cuando la lectora sueña que es el personaje de un relato del escritor que ella más admira y que en ese relato aparece Edgar Allan Poe, del que a su vez el escritor que ella más admira es personaje, de tal manera que ella no comprende qué es exactamente, si es personaje del escritor que ella más admira o del autor de «El pozo y el péndulo»: tampoco sabe, al menos en el sueño, si Edgar Allan Poe es un personaje del escritor que ella admira o si éste es un personaje de Edgar Allan Poe y, en general, no sabe si Edgar Allan Poe alguna vez ha escrito sobre escritores, y piensa que no debería importarle, pero se despierta gritando.

3

No es eso lo que sucede, en realidad: nuestra joven compra la autobiografía del escritor que más admiración le suscita —pero el escritor está vivo, no ha muerto—, la lee, se sorprende al encontrar en ella la confesión de un crimen que el autor dice haber cometido en su juventud; se pregunta por qué lo cuenta ahora, qué lo induce o lo ha inducido a manchar su reputación con una historia que puede traerle innumerables problemas, incluso la cárcel; se tranquiliza pensando que todo es una ficción, que es posible que el autor haya, en ese pasaje de su autobiografía, dejado «volar su imaginación» —aunque ésta actúa más bien de forma subterránea, cavando en lugar de volando, sumergiéndose en las aguas fangosas de lo que pudo haber sido y está frío y oscuro y no elevándose a los cielos para adquirir una perspectiva que la imaginación, en realidad, nunca tiene—, y no vuelve a pensar en ello.

En realidad sigue pensando en ello, no puede dejar de pensar en ello. Nuestra joven averigua dónde vive el escritor, deja al niño al cuidado de una vecina que tiene siete u ocho gatos —y toma al niño en sus brazos, cuando ella se lo entrega, como si fuera un pequeño felino, una mezcla de ternura y precoz ferocidad—, sube a su coche, llega a la casa que le han indicado, toca el timbre, a continuación golpea la puerta: no hay nadie en la casa. *Sí, sí hay alguien en la casa,* una mujer que la recibe con amabilidad pero es enfática: el escritor no recibe visitas de sus lectores, no va a recibirla. Nuestra joven insiste, ruega; la mujer es inflexible. Al fin se atreve a preguntarle si el crimen narrado en su autobiografía es ficticio o real, si ella puede decírselo: la mujer la mira un instante y le sonríe con complicidad, y después cierra la puerta.

No, no le sonríe: la mujer le grita que ella es como todos los otros, que ella tampoco ha entendido nada, y le cierra la puerta en las narices.

No, mejor: de camino a la casa del escritor, ella tiene un accidente, atropella a un reno; *no, mejor a un jabalí,* atropella a un reno o a un jabalí; *no, mejor atropella a un ciervo,* atropella a un ciervo y sufre un golpe terrible, despierta en el hospital sin heridas graves, pero padece una amnesia profunda, no recuerda nada, tiene miedo, escapa del hospital, sólo tiene un nombre, que ha escuchado susurrar a una enfermera durante su convalecencia y cree que es la clave de su caso, se dirige a otra ciudad, duerme en la estación de autobuses, lava platos en la cocina de un restaurante de carretera, reúne el dinero que necesita para alquilar una pequeña habitación en un motel, tiene sueños recurrentes, un cliente del restaurante se enamora de ella, quiere llevársela de allí, ella lo rechaza, necesita reunir dinero para llevar a cabo su investigación, pero la paga en el restaurante no es buena y tan sólo le permite dormir en el motel y visitar un local de ordenadores y telefonía, donde algunas noches busca nombres que cree recordar de su vida previa al accidente y en realidad son sólo variaciones del suyo propio, que ella, lo hemos dicho ya, no recuerda. Un día, sin embargo, recuerda el del escritor que más admiraba, busca en internet, obtiene su dirección, no hay nada que ella recuerde de él, pero cree que él la reconocerá cuando la vea; renuncia a su trabajo en el restaurante de carretera, abandona la habitación en el motel, alquila un coche, llega a la casa del escritor, toca a su puerta: le abre el escritor. Ella espera que la reconozca, que la abrace en silencio o susurre su nombre y la abrace y, al abrazarla, reúna en ella su cuerpo y su nombre, como si pusiese un cerco en torno a ella con sus brazos; pero el escritor no la reconoce: cuando ella le pregunta si alguna vez se han visto, el escritor niega con la cabeza; es paciente, escucha su historia, pero dice que no puede ayudarla. El escritor no se sorprende al oír su relato: es viejo, ha visto mucho, todo lo que ha visto se ha transformado en parte de él, en algo de su propiedad, y ahora todo lo que tiene es todo lo que fue, que es siempre lo que podía ser en unas circunstancias dadas, pero también todo lo que pudo haber sido y no fue. Le sirve una taza de café, la escucha, y luego se encoge de hombros: cuando la despide, se dice que es un día más en la vida de un escritor que sabe que muy poco tiene sentido; *no, mejor,* que sabe que para él sólo dos o tres cosas tienen sentido, escribir, leer y amar, aunque esto último también carece de sentido. Va a escribir un relato, esa misma tarde, en la que un personaje amnésico buscará después de la guerra a otro, del que sabrá muy poco o prácticamente nada; el personaje descubrirá, hacia el final del relato, y por intervención del azar, que la persona que buscaba es él mismo, y que, aunque lo habrá perdido todo, al menos no habrá perdido su nombre: cuando el escritor haya terminado de escribir su relato, nuestra ya no tan joven protagonista estará lejos de allí, en un arcén de la carretera, dentro de su coche alquilado, sin saber qué hacer a continuación.

No, no es esto lo que sucede, no hay relato ni encuentro entre ella y el escritor que más admira: las direcciones de los escritores son difíciles de obtener y éstos suelen mudarse a menudo debido a que sus fortunas aumentan o disminuyen rápidamente, sin lógica alguna. *A pesar de lo cual, en realidad, ella sí consigue la dirección del escritor que más admira, pero no lo visita nunca*: está ocupada, tiene cosas que hacer, tiene que cuidar a su hijo pequeño sin la ayuda de su marido, que se ha ido con otra; *no, no se ha ido con otra, pero los ha dejado*. Un día su hijo quiere contarle un chiste que ha oído en algún sitio: en él, alguien le entrega un trozo de papel a un chino y le exige que lo lea, pero, cuando el chino va a hacerlo, estornuda y el papel vuela por los aires; a continuación sucede algo más y ese algo más es lo que le otorga al chiste su gracia, pero, en ese momento, el niño descubre que ya no lo recuerda; cuando va a confesarle a su madre que ha olvidado cómo termina el chiste le avergüenza hacerlo, sin embargo: se dice que debe ganar tiempo, que, si lo hace, recordará el final; piensa que es el primer chiste que recuerda contarle a su madre, que ella espera que el chiste termine de algún modo, que sufrirá una decepción si le dice que no recuerda cómo acaba: el niño ya la ha visto sufrir demasiadas decepciones, que ha percibido con claridad a pesar de ser sólo un niño aún y no poder ponerles nombre todavía ni atribuirles una causa. (*No, mejor*: el niño sí les atribuye una causa, que es su padre y el hecho de que los ha abandonado a él y a su madre; durante toda su vida el niño buscará revertir ese rechazo, y abandonará y será abandonado por sus parejas, pero sobre todo las abandonará, ante la primera dificultad, por el miedo irracional de que se repita una pérdida que no alcanzará a comprender nunca.) Antes de todo ello, en este momento, el niño se dice que debe seguir contando hasta recordar el final de su historia, de modo que sigue adelante y afirma que, tras el estornudo del chino, el papel cae en manos de un norteamericano, y que éste está a punto de leerlo cuando, y aquí el niño tiene que continuar –porque sigue sin recordar el final de la historia–, el norteamericano también estornuda y el papel cae en manos de un ruso, que estornuda a su turno para que el papel caiga en manos de un camello, que estornuda, de tal manera que el papel cae a continuación, y en este orden, en manos de dos osos, once castores, cien hormigas, un cocodrilo, llamas, un elefante, el Papa, un instalador de gas, cuatro albañiles, un automóvil, la sonda *Voyager*, santa Eulalia, santa Susana, san Francisco, un cepillo de dientes, un coche de bebé, un espejo, un papel; su madre pierde el interés en la historia, que se dilata cada vez que el niño está a punto de concluir: el niño suda, se contorsiona, sufre ante la imposibilidad de recordar el final del chiste; mientras tanto, su historia ya no es un chiste, por supuesto: es la historia más larga que jamás ha contado, posiblemente la más larga que se haya contado en la ciudad donde vive con su madre y en la que, por lo demás, nunca sucede mucho. No lo sabe, no puede saberlo, pero el niño podría recordar el final de su chiste si no estuviese ocupado tratando de traer a su memoria ocupaciones, nombres de animales, medios de transporte, santos: de poder dejarlos de lado, el niño recordaría perfectamente el final de su chiste, que algún día pudo haber tenido gracia pero ya no la tiene. La gracia perdida es sustituida por otra, sin embargo; la de la continuidad, la de la inventiva desbocada y la huída hacia adelante. No es una gracia menor, es el singular don de hacer regla lo excepcional: sobre él, el niño edificará en el futuro una vocación no muy distinta a la que un día sintió el escritor que su madre más admira, antes del crimen que cometió. *No, mejor: después del crimen que cometió y tal vez, secretamente, a consecuencia de él.* Con él, el niño construirá un día una catedral edificada con ladrillos minúsculos, sencillamente minúsculos, con vacilaciones y tropiezos, o sin vacilación y sin tropiezo alguno: sus propios libros, una catedral.

No, en realidad la historia no es así; es de otra manera: ella no tiene ningún hijo, ni su marido la ha dejado; tampoco ha prestado atención alguna a la autobiografía póstuma del escritor que más admira: la ha sostenido en su mano un momento ante la mirada expectante del librero, le ha dado la vuelta para leer un texto de contraportada poco imaginativo, disuasorio; ha vuelto a dejar la autobiografía en una pila de ejemplares que no disminuirá ni en ese día ni en los siguientes, se ha entretenido un instante más en la librería, ha salido a la calle, ha olvidado rápidamente todo el asunto, absolutamente todo el asunto, nunca ha vuelto a pensar en él.

OH, INVIERNO, SÉ BENIGNO

A. ¿Padece usted una enfermedad contagiosa o un desorden físico o mental? ¿Es usted consumidor o adicto a alguna droga? Más información.

Nosotros teníamos doce o trece años, y ese día, cuando regresamos del colegio, nos dijeron que la Volkspolizei merodeaba en la linde del bosque porque se había producido un accidente: un coche se había deslizado a un lado de la carretera y sus ocupantes habían muerto. En el bosque estaba la frontera con la Alemania de la que no se nos permitía hablar, pero también el sitio de nuestros juegos, mío y de mi hermano y del resto de los niños del pueblo; sólo tolerábamos las intromisiones si éstas eran breves y nos permitían recuperar rápidamente lo que considerábamos nuestro territorio. Cuando llegamos, la Volkspolizei se había marchado y el automóvil colgaba en un precipicio, sostenido sólo por unos hierbajos y por el tronco del árbol que había interrumpido su caída pero también había matado a sus ocupantes. A los ocupantes del coche se los habían llevado ya, también —es decir, a sus cadáveres—; el árbol era un haya. Nos reunimos todos allí: mi hermano y yo, pero también Timo Trotz y el que llamábamos El Perro porque siempre lo acompañaba uno enorme, una cruza de pastor alemán y lobo, según decía su dueño, que a mí me parecía más un lobo que un perro y me atemorizaba; los cuatro observábamos el coche desde lo alto y fingíamos estar sumidos en nuestros pensamientos, pero en realidad sólo nos mirábamos entre nosotros y nos preguntábamos quién tendría el coraje de bajar a inspeccionarlo: nos mirábamos por el rabillo del ojo y el perro nos miraba y se movía inquieto a un lado y a otro de la carretera, a veces quedándose quieto con una pata encogida, olfateando el viento, soltando un gemido. Mi hermano tenía un año menos que yo pero bajó primero, ésa es la verdad, como si el orden entre nosotros se hubiese invertido; es decir, yo lo seguí, y acepté que el orden se había invertido y que ya no iba a recomponerse. No iba a ser nunca más igual, si eso es lo que importa; nunca más, hasta su muerte. Antes de eso, antes de que muriese, sucedió lo del coche, pero es posible que mi hermano haya muerto por lo que vio en él aquel día; o por lo que vimos, porque fuimos los dos, él y yo, en ese orden, los que bajamos por la pendiente tomándonos de los arbustos que el automóvil no había arrancado a su paso. El Perro y Timo Trotz nos miraban desde arriba mientras lo hacíamos, y puede que el perro que parecía un lobo —y que, hasta donde yo recuerdo, no tenía nombre— nos mirase también, porque gemía y había comenzado a llamarnos con sus ladridos, aunque no se había atrevido a bajar hasta donde nos encontrábamos nosotros; el coche tenía las puertas abiertas, y mi hermano tuvo que aferrarse a una de ellas cuando estuvo a punto de resbalar: ambos nos quedamos mirando por un instante las rocas y el barro que sus pies habían desprendido de la pendiente y que casi lo habían arrastrado consigo, y luego miramos dentro del automóvil y vimos que no había nada y que todo había sido revisado ya a la búsqueda de algo que nosotros no podíamos siquiera imaginar, aunque supimos de inmediato que, si había estado allí, cualquier cosa que fuese, ya había sido retirado del interior del coche por la Volkspolizei, que también se había llevado los cadáveres: el interior del coche estaba cubierto de vidrios rotos, pero no había sangre por ninguna parte, ni una gota de ella; a mi hermano y a mí, sin embargo, esto no nos llamó la atención hasta que estuvimos arriba con los otros y bajamos a comprobarlo y resultó cierto: no había ni una sola gota de sangre dentro del coche. Había otras cosas, que encontramos cuando nos abrimos paso por el interior del vehículo hasta el maletero y nos llevamos con nosotros: unas fotografías, un automóvil Volga de juguete, una caja que contenía un puzle que al ser completado mostraba una vista de la ciudad de Leipzig, unas botas de goma con las que se quedó Timo Trotz, un encendedor de bencina, ropa de mujer que dejamos en el coche y ropa de niño que no nos quedaba a ninguno de los cuatro. Más lentamente que al bajar, mi hermano y yo subimos la pendiente cargando todas esas cosas; y sólo al llegar arriba vimos que El Perro y Timo Trotz ya no estaban allí: estaban al otro lado de la carretera, agachados ante un talud que el perro que parecía un lobo les había señalado. Allí, sobre el polvo y las agujas de pino caídas, había cuatro grandes manchas de sangre, que el perro lamía ávidamente. Más tarde íbamos a encontrar los cartuchos servidos que los de la Volkspolizei habían olvidado allí, en el talud, como la certificación de una enfermedad contagiosa que todos hubiésemos contraído, también nosotros: debían haber tenido prisa por marcharse.

B. ¿Alguna vez ha sido arrestado o declarado culpable por un delito o crimen que involucre depravación moral o una violación respecto a una sustancia controlada; o ha sido arrestado o declarado culpable por dos o más delitos para los cuales la sentencia total de cárcel fue de cinco años o más; o ha sido traficante de sustancias controladas; o está tratando de entrar en los Estados Unidos de América para participar en actividades criminales o inmorales?

El disco lo vi yo primero, pero el otro insistía en que tenía un arreglo con el hombre del puesto de antigüedades y que éste sólo le vendía discos a él. En Weimar las temperaturas ya eran bajas ese octubre, y el aliento del otro y el mío se entrelazaban y se disolvían juntos en el aire mientras discutíamos. Me encontraba allí para estudiar, pero no estudiaba mucho realmente y estaba pensando en marcharme a Berlín; en la ciudad ya me conocían demasiado bien para mi gusto, en particular los policías: solía ganar algo de dinero repartiendo pequeñas noticias mimeografiadas con los anuncios de las actuaciones de los grupos locales y había sido detenido un par de veces antes o durante esas actuaciones, junto con los músicos. A veces los policías nos golpeaban, pero sólo si nos resistíamos con violencia o los insultábamos; cuando eso sucedía, no importaba mucho quién fuera mi padre. Uno de los hombres que solía detenernos, y que posiblemente fuese el mayor, el más antiguo de los policías de la brigada de Weimar, me dijo un día, mientras nos conducían a todos a la dependencia policial en una camioneta, que la vida estaba llena de cosas que merecían ser aprendidas. «Aunque es probable que ninguno de nosotros esté aprendiendo nada», dijo mientras veía pasar las calles de Weimar desiertas; es decir, desiertas a esa hora de la noche. Aquel disco era un ejemplar en perfecto estado de *Black & Blue* de los Rolling Stones que alguien había dejado allí por alguna razón, en el puesto de antigüedades donde yo lo había encontrado y en el que el otro decía haberlo visto antes o tener una prioridad sobre todo lo que se exhibía en él y en el que discutíamos cada vez más acaloradamente, de tal forma que a nuestro alrededor se iban sumando unos curiosos que en realidad no eran curiosos, sino que eran, como descubrí esa vez demasiado tarde, policías de civil a la espera de hacerse con algo que llevar a la comisaría. Uno de ellos me tiró del abrigo y, a su señal, dos me inmovilizaron los brazos mientras un cuarto hombre me pateaba en el estómago. Al darme la vuelta, vi que el otro había desaparecido, y pensé que la presencia de ese disco con su promesa de depravación moral allí a la vista de todos y la discusión con el otro habían sido una trampa, extremadamente simple pero compleja para mí, que no la había visto venir y ya era su víctima. Esa vez me aporrearon el interior de las rodillas en la comisaría hasta que ya ni siquiera pude permanecer de pie tomándome de la pared contra la que me hacían apoyar los brazos, pero no fui capaz de entender, ni entonces ni ahora, qué había para aprender en todo ello.

C. ¿Alguna vez ha estado o está ahora involucrado en espionaje, sabotaje u actividades terroristas o genocidio? ¿Estuvo involucrado de alguna manera entre 1933 y 1945 en persecuciones asociadas con la Alemania nazi o sus aliados?

En realidad podían detenerte por cualquier motivo: porque estabas junto a un músico que carecía de una tarjeta que lo identificase; porque sus instrumentos habían sido contrabandeados desde el Oeste —la República Democrática no producía instrumentos musicales ni altavoces, de modo que todo era contrabandeado—; porque alguien había calculado que tu repertorio se componía de más del cuarenta por ciento de música extranjera tolerado por las autoridades; porque habías superado el volumen de decibelios permitido para el evento, cosa que, por supuesto, los miembros de la Volkspolizei sólo podían determinar a ojo, o mejor dicho —peor dicho, en realidad— a oído; porque se habían producido incidentes o estos habían sido exitosamente provocados por la policía; porque eras algo que no tenía lugar en el presente de la República Democrática ni en su pasado, como mi hermano y yo. «Antes de 1945 te habríamos tratado de otra forma», decía uno de los policías en Weimar cada vez que se veía obligado a soltarme, por deferencia a mi padre o a alguno de sus amigos.

D. ¿Pretende buscar trabajo en los Estados Unidos de América? ¿Alguna vez ha sido excluido y deportado o ha sido anteriormente retirado de los Estados Unidos de América o ha procurado o intentado procurar una visa o ingreso a los Estados Unidos de América mediante fraude o falso testimonio?

Al final de su vida mi hermano era más alto que yo y considerablemente más delgado: me pregunto si hubiese subido de peso con los años, como me sucedió a mí, o si habría conservado como yo todo el cabello a costa de resignarse a su transformación en una maraña de hebras blancas y delgadas. Quería convertirse en maestro de escuela, aunque prefería emigrar porque odiaba tanto la República Democrática como la odiábamos buena parte de sus habitantes y yo, sus responsables también; a cambio, tuvo que realizar el servicio militar poco después de que cumpliera los dieciocho años; no le permitieron demorar su ingreso hasta el final de sus estudios, que es lo que me habían permitido a mí el año anterior gracias a mi padre; es decir, gracias a la intercesión a regañadientes de mi padre y a promesas que yo le hice y que él y yo sabíamos que no cumpliría. Una noche, uno o dos días antes de que tuviese que presentarse en unas instalaciones militares en las afueras de Frankfurt del Oder, le pregunté a mi hermano si quería largarse: todavía vivíamos en la frontera y la fuga era difícil pero no imposible, creo. Unos meses atrás, yo había empezado a traficar cosas de un lado a otro, generalmente discos, por los que me pagaban generosamente en Weimar; más tarde iba a convertirme en alguien relativamente importante en la escena punk de Berlín Oriental, en la que traficaba masivamente con cintas de bandas occidentales como The Clash, Auntie Pus y Sex Pistols: yo sabía dónde conseguirlas, sabía cómo meterlas en la República Democrática y sabía cuánto pedir por ellas. Un par de policías de fronteras sabían que yo lo sabía y eran parte necesaria, aunque no muy entusiasta, del negocio. ¿Mencioné ya que mi padre era el jefe de la Volkspolizei en la localidad de Unterweid? Mis dos socios eran subordinados suyos. A veces pienso que mi hermano y yo podríamos haber escapado y comenzado una nueva vida en la República Federal o donde hubiésemos deseado, quizás en Londres; o podríamos habernos quedado y haber explotado juntos la avidez de los punks del Pacto de Varsovia por la música del otro lado del Muro, pero no hicimos ninguna de las dos cosas: mi hermano murió a los cuarenta y nueve días de haber comenzado su servicio militar, según la versión oficial, a consecuencia de un paro cardíaco mientras realizaba la guardia nocturna en un puesto de avanzada. Unos años después, un punk de Berlín me contó que él también había estado destinado en Frankfurt del Oder y que había conocido a mi hermano; un teniente lo había torturado hasta la muerte, dijo, porque mi hermano había hecho correr una historia por completo falsa y se negaba a retractarse de ella. No era necesario que el punk aquel me la contara, pero cuando lo hizo volví a ver sobre mi cabeza, mientras mi hermano y yo subíamos la pared casi vertical de la montaña, a Timo Trotz, a El Perro y a aquel perro que era también un lobo y había reconocido el sitio donde los policías de frontera de la Volkspolizei habían abortado la fuga. El punk se hacía llamar «Skinny» y venía de Nuevo Brandemburgo; con los años iba a convertirse en representante del Partido de Los Verdes en el parlamento regional, y quizás haya sido una persona recta, de las pocas que uno puede encontrar aquí y allá. Me aseguró que lo que me contaba era la verdad, pero no era necesario que lo hiciera porque tenía los ojos definitivamente apagados de alguien que había hecho el servicio militar de la República Democrática y había conseguido sobrevivir y porque, cuando nos entregaron el cuerpo, las autoridades nos exigieron —y esto él no podía saberlo— que velásemos a mi hermano con el ataúd cerrado.

E. ¿Alguna vez ha detenido, retenido o impedido la custodia de un niño a un ciudadano estadounidense que haya obtenido la custodia del niño?

Ahora recuerdo que aquel perro que parecía un lobo y que posiblemente fuese más lobo que perro, o un lobo por completo derecho, murió algo antes de que lo hiciera mi hermano, como si ambos hubiesen estado unidos por hilos invisibles. No fue El Perro el que lo encontró, sino él, mi hermano, que lo vio echado en el leñero de nuestra casa una tarde poco antes de que comenzase su breve servicio militar: el perro había caído en una trampa y se había liberado arrancándose la pata con los dientes. Y temblaba mutilado y sangrante detrás de los troncos, a punto de perder la conciencia pero con un orgullo raro en la mirada que mi hermano me dijo que no iba a olvidar mientras viviera: mi hermano entró en la casa y regresó con la pistola reglamentaria de nuestro padre; le disparó al animal entre los ojos. Unos años después, yo mismo vi cómo sepultaban pistolas así y otras armas de la Volksarmee o Ejército Popular cuando la Reunificación ya había disuelto el ejército de la República Democrática y su armamento estorbaba. A mi hermano le había sido de utilidad, por supuesto, pero ya estaba muerto; y no había muerto o había sido asesinado mucho tiempo después de que él mismo, por piedad, hubiese matado al perro que era un lobo y se había comportado hasta el último momento como tal o había regresado a su verdadera naturaleza cuando las circunstancias lo habían requerido.

F. ¿Alguna vez se le ha negado una visa a los Estados Unidos de América o el ingreso a los Estados Unidos de América o se le ha cancelado una visa a los Estados Unidos de América?

A lo que me refiero es a que es posible que la vida esté llena de lecciones y nosotros no sepamos aprender ninguna, pero también es posible que esas lecciones sea necesario aprenderlas una y otra vez debido a que su significado es distinto cuando cambian las circunstancias que las rodean; como anteanoche, cuando ella y yo estábamos todavía en la cama después de hacer el amor y ella me miró con una intensidad que yo no conocía o que conocía y había olvidado y me preguntó, con una voz inusualmente grave y a punto de quebrarse: «¿No lo has notado? Me ha salido un bulto en el pecho». Ahora pienso que era su forma de decirme que era allí y no en ningún otro lugar y que era en ese momento que me necesitaba y que ese momento ya no se repetiría; era como esas luces allí abajo mientras el avión desciende hacia el aeropuerto, luces a ambos lados de una pista de aterrizaje que uno sólo puede desear que esté allí a pesar de no poder verla: las luces dicen, con su sola presencia, dos palabras: «Aquí» y «Ahora», «Aquí» y «Ahora». Pero yo sólo podía hacer por esa mujer que yacía a mi lado lo único que sé hacer como resultado de la única lección que creo haber aprendido realmente a lo largo de mi vida, y lo hice.

G. ¿Alguna vez ha hecho valer su inmunidad frente a una acusación? Más información.

Yo había estado todo aquel día buscando unas cintas especialmente difíciles de conseguir para un tipo que tocaba en Der Demokratische Konsum: la banda se había disuelto ya y es posible que no hubiese existido nunca, que todo fuera una broma perpetrada por un puñado de músicos o por algún periodista dispuesto a jugarle una mala pasada a sus lectores; tal vez, incluso, algo sólo para aficionados a los misterios. Las cintas eran de una banda llamada London's Lost Rivers y yo las había conseguido por fin: nueve casetes de unos diez minutos de duración por lado, unas sesenta canciones que eran toda la obra de tres músicos de los que yo no iba a conseguir saber nada nunca pero que iba a escuchar una y otra vez en los días siguientes en el sótano que ocupaba con otros punks cerca de Alexanderplatz, a todo volumen y cantando las canciones a los gritos, con una sensación de libertad reconquistada. A veces tocaba el bajo en una banda llamada Tausend Tonen Obst: teníamos una canción que se llamaba «Safer Sex» y otras que se titulaban «Accident» y «Shot» y «God Is Fucking», pero esto no viene al caso. En la compra de las cintas de los London's Lost Rivers había gastado todos mis ahorros, realmente todo lo que tenía, pero esperaba recuperarlo con creces cuando me pagara el tipo para el que las había comprado; antes, un conocido que trabajaba en la discográfica del Estado las iba a copiar para mí y yo iba a ser rico o algo parecido. Aquella tarde no había notado nada raro al cruzar una vez más en dirección a la República Federal, pero esa vez, al volver a entrar en la República Democrática, sí me retuvieron y sí comprobaron que lo que llevaba era ilegal y debía ser interrogado. Yo conocía los métodos de interrogación de Weimar, pero no sabía, y aprendería de inmediato, que los de la policía de Berlín eran más sofisticados, habría podido decir que más modernos de no ser porque era evidente que eran bastante más antiguos: venían de los años antes de 1945, que los policías de Weimar sólo se permitían recordar con nostalgia; ni el nombre ni el rango de mi padre eran de utilidad allí, y los policías de fronteras con los que generalmente negociaba en ese paso fronterizo se habían esfumado. Mientras me interrogaban, me pareció notar que la brutalidad del método era acompañada de la falta absoluta de idea por parte de los policías respecto de qué tenían que averiguar exactamente. ¿Un joven traficando con cintas de música punk? No era mucho; es decir, debía haber algo más, y yo sabía que así era: sabía que el castigo era tardío pero merecido y que lo que yo tenía que contarles, aunque no podía hacerlo, era que aquella vez, el día anterior a que se marchase a iniciar un servicio militar de dieciocho meses de los que sólo iba a completar cuarenta y nueve días, mi hermano y yo nos habíamos puesto de acuerdo en escapar juntos, pero yo tuve miedo. No acudí a nuestra cita en la linde del bosque. No volví a verlo ni pude explicarle por qué no lo hice, por qué el miedo me impidió irme. Y lo raro es que mi hermano, que siempre había sido más valiente que yo, no lo fue en esa ocasión o quiso protegerme. Él tampoco aprovechó la noche para cruzar la frontera y lo siguiente que supe es que estaba muerto. ¿He dicho ya que mi padre era el jefe de la Volkspolizei local cuando mi hermano y yo encontramos aquel automóvil al costado de la carretera y descubrimos algo sobre él y sobre nuestro país que hubiese sido mejor para los dos que no hubiésemos descubierto nunca? Eso era algo que podía contarle a los policías que me estaban interrogando, pero a ellos no era esa historia la que les interesaba ni la historia de cómo eso que mi hermano y yo habíamos visto aquella tarde cuando éramos niños había cambiado nuestra vida: cada uno de sus golpes era una pregunta para mí y también para ellos; pero los golpes se interrumpieron después de una llamada: cuando volvió a entrar en la habitación donde me encontraba, después de responder al teléfono, uno de los policías estaba pálido, pero se recompuso para decir algo que yo iba a escuchar uno o dos días después de boca de varias personas, cuando mi negocio careciera de sentido y hubiese terminado y yo estuviera en la ruina, mi padre hubiese perdido su trabajo y mi hermano siguiera inútilmente muerto. Aquel policía se recompuso y le dijo al que estaba golpeándome que me devolviese las cintas y me dejase ir. «No van a servirle de nada, de todas maneras. Acaban de abrir el Muro», dijo, y esto es algo que tienen que saber las autoridades de los Estados Unidos de América, por todas las razones posibles y aquí y ahora.

NOTAS PARA UN PERFIL DE TINDER

Antes de que ella le gritase y le devolviera sus cosas, una tarde en la que se encontraron en una cafetería en la que ninguno de los dos quería estar, en la que no atinaron a pedir nada y no pudieron ponerse de acuerdo, ella estaba muy enamorada de él y él lo estaba de ella. En realidad, él estaba enamorado de ella desde el primer instante, desde aquella noche en que había entrado a la sala de estar en la que se celebraba un cumpleaños y la había visto al fondo, recostada contra una pared, rodeada de hombres que la cortejaban por turnos y, sin embargo, ausente, ocupada sólo en extraer del fondo de su copa algo parecido a un mensaje o una premonición. En el recuerdo de él, la sala estaba caldeada y el aire tenía una consistencia viscosa; llegar hasta ella había sido, recordaba, como nadar contra la corriente a través de papilla para bebés y gelatina con grumos. En el recuerdo de ella, sin embargo, la sala estaba helada y ella se preguntaba cómo regresar antes a su casa sin interrumpir a la niñera —que seguramente había acostado ya a la niña y debía de estar haciéndole una mamada a su novio en el sofá de la sala, frente a la televisión encendida— cuando vio acercarse a ella a un hombre no muy agraciado que acababa de entrar, que traía una botella de vino en los brazos y tenía el cabello mojado: más tarde iba a decirle, e iba a acabar creyéndolo ella misma, que se había enamorado de él en ese instante, pero la verdad es que, al verlo aproximarse, sólo había reparado en su cabello mojado y se había reprochado que había comenzado a llover y ella no se había dado cuenta. Sólo se había enamorado de él tiempo después, sorteando las dificultades propias de la diferencia de temperamentos, de la forma en que él hablaba de su exmujer cuando estaba nervioso o había tenido un mal día y del hecho de que, a menudo, cuando la abrazaba, solía enganchársele su cabello en las mangas o en los dedos y le tiraba de él sin quererlo. A él, ella le gustaba, sin ninguno de estos condicionantes y objeciones: se había enamorado de ella a pesar de la niña y de la incomodidad de los escasos encuentros que ella y él podían permitirse, siempre a horas intempestivas y siempre en la proximidad de un teléfono móvil y de un reloj, calcos negativos de los horarios de la niña, que eran inflexibles y no admitían cambios.

A la niña la había visto por primera vez en una ocasión en que el coche de ella se había estropeado y ella le había pedido que la llevase a recoger a la niña a la casa de su padre; él no había bajado del coche, ella había entrado a la casa y había salido rápidamente de ella con la niña en sus brazos, como en esos filmes de catástrofes en las que los personajes abandonan un edificio en llamas; ambas se habían sentado en el asiento trasero, y él había conducido hasta la casa de ella como si fuese el conductor de un coche de alquiler, alguien ajeno a la unidad mínima que conformaban la mujer y la niña y que no debía inmiscuirse en su conversación; por lo demás, la niña y su madre prácticamente no habían hablado en todo el trayecto, pero a él le había parecido que la niña era tan inteligente como su madre decía cuando ésta, al llegar a la casa, le había dicho: «Ahora puedes besar a mi madre si quieres». Él había sonreído y había aproximado su rostro al de ella, ofreciéndole los labios, pero la mujer lo había besado en las mejillas y había entrado en la casa con la niña, sin invitarlo a que las acompañase.

Él creía que ella creía que él no quería verse entrampado tan rápidamente en una familia; ella creía que él creía que ella creía que a él no le gustaba la niña. Ninguno de los dos tenía razón, a su manera y de distinto modo.

A pesar de lo cual, ella había ido probando el terreno, permitiéndole pasar más y más tiempo con la niña, en pequeñas situaciones en las que él la dejaba en la casa o pasaba a recogerla y de las que la clave era que pareciesen concesiones que ella, y no él, le hacían al otro. Al principio él le había llevado dulces, pero la mujer se lo había prohibido; luego había comenzado, a su pesar, a proveerla de aserrín y alimento para roedores: el padre de la niña le había regalado un hámster, una bestia peluda que a él le repugnaba, pero que ocupaba satisfactoriamente todo el tiempo de la niña. A él le parecía que el regalo del padre tenía un significado profundo, pero no sabía si ese significado se relacionaba con la vida que el padre de la niña había creído tener con su madre durante el tiempo en que estuvieron casados, si estaba relacionado con lo que pensaba sobre la madre o si era una referencia a la niña; a veces él lamentaba no haber estudiado psicología. Una vez, mientras la niña lo peinaba, después de que le contase una historia enrevesada sobre un cepillo de dientes que había contado un secreto —o algo así: no creía haberlo entendido bien y a la niña no pareció importarle—, él le preguntó si el hámster era macho o hembra, pero la niña miró el animal, que reposaba en la palma de una de sus manos como una extraordinaria mota de polvo, y se quedó perpleja, como si nunca hubiese pensado en ello; él, sin embargo, creyó comprender en ese momento que se trataba de un macho y que en realidad el animal y su existencia frágil y algo irrelevante eran un mensaje que el exmarido de su novia les había enviado, a él, a ella y a la niña, pero especialmente a él, que participaba con el antiguo marido en el juego siempre triste de las masculinidades que se reemplazan unas a otras cuando la situación lo requiere.

Un día, también, cuando se enteró de que la niña dormía con el hámster en su cama, él le planteó una objeción enérgica; más tarde, cada vez que la veía, él tenía la impresión de que la niña olía como el animal: a papeles viejos, sudor y pienso para animales pequeños. Aquella noche, cuando lo discutieron, ella se enfadó mucho.

Al llegar una noche a la casa, sin embargo, ella no estaba lista: el hámster se había perdido, y la mujer le pidió que entretuviese a la niña mientras la niñera y ella lo buscaban, así que él se sentó en cuclillas junto a la niña y comenzó a hablarle. La niña no parecía preocupada, estaban en la sala de estar, donde ella tenía su vasto reino infantil, y se entretenía fingiendo preparar un plato en la cocina de juguete que su madre le había regalado la navidad anterior. ¿Qué estás cocinando?, le había preguntado él. Ella le había respondido que estaba cocinando colas de ratas y cucarachas negras y gigantes con murciélagos y hormigas; él le había dicho que se las iba a comer todas, y ella se había reído. Entre ellos se había establecido una especie de competencia tranquila que se expresaba en los términos en los que la niña lo prefería, en una larga conversación entre ellos que era enormemente seria y al mismo tiempo graciosa, todo junto y sin ambigüedad alguna. A la sala llegaban los pasos de la madre y la niñera en el piso superior y los sonidos que hacían para llamar la atención del hámster, unos siseos que él no sabía qué impresión producirían en el roedor si éste los oía. A él le gustaban los niños, pero había roto con su esposa porque no habían podido tenerlos: ella no había sido el problema —aunque algunos amigos de la pareja solían pensar que sí—, sino él, su temor a no estar a la altura, a no ser un buen padre. Quienes no tenían hijos no podían entender ese miedo, y quienes los tenían tampoco lo entendían, porque estaban inmersos en una experiencia que, de tan aterradora y exigente, excluía cualquier posibilidad de imaginar el miedo: una especie de autohipnosis consistente en la euforia compartida, los pañales y las llamadas nocturnas al pediatra. A él le gustaban las niñas como ella, ya parcialmente criadas, y con una personalidad propia que las hacía resistentes a la influencia que él podía ejercer involuntariamente sobre ellas, con un gesto o con una palabra que las marcase para siempre. La niña manipulaba los pequeños cazos y ollas con una seriedad impostada, y canturreaba para sí los nombres de los ingredientes; él, a su lado, en cuclillas, la veía hacer. «¿Qué quieres ser cuando seas grande?», le preguntó; la niña elevó la vista al cielo un instante y luego resopló: «No lo sé, pero lo que no quiero es ser como tú», dijo. Él rió. «¿Por qué no?», le preguntó. La niña no lo miró. «Porque tú te vas a morir antes que yo y nadie va a ir a tu entierro», respondió finalmente. Por un instante, él pensó que la niña sabía algo que él desconocía, algo que veía en el futuro con una clarividencia infantil, o mejor, que había notado en él, que sabía que era su miedo más importante desde que su mujer lo dejara. «¿Qué crees que sucede cuando te mueres?», preguntó él todavía en cuclillas, desplazando el peso de su cuerpo de una pierna a la otra mientras seguía a su lado frente a la cocina de juguete. La niña titubeó. «Primero te quedas dormido y no puedes despertarte, y después los gusanos te comen los ojos y los dedos y después todo el resto del cuerpo; te quedas muerto para siempre», le respondió. «¿No crees que hay ángeles?

¿Que después de que te mueres te encuentras con las personas que murieron antes que tú?», le preguntó él con auténtica curiosidad. La niña pareció enfadarse: «No, eso es una tontería», respondió finalmente. «Cuando te mueres tu cuerpo es como una carne que ya no sirve para comer, está podrida y se la comen los gusanos porque ellos comen la carne podrida; te mueres y tu mente es como un televisor apagado, que no tiene imágenes ni colores, y ya no piensas en nada ni te importa nada», dijo. «Qué triste», respondió él, pero la niña se encogió de hombros en silencio. Él se quedó pensando que, si no se apresuraban, se quedarían sin la reserva que había hecho en el restaurante, y se dijo también que tendrían que terminar comiendo en un bar cualquiera, en el que los camareros los despreciasen discretamente por lo que a él le parecía el anacronismo algo grotesco del amor de adolescentes entre dos adultos. Repentinamente, lo envolvió la pesadumbre, cuando pensó en sus amigos solteros, que se prestaban a citas a ciegas o contrataban agencias matrimoniales o abrían perfiles en redes sociales de solteros y se enorgullecían de sus hallazgos: algunos de ellos trabajaban con él y solían pasarse el rato junto a la máquina de café manipulando rostros y perfiles, descartando y aceptando como si su vida consistiese en una sucesión de elecciones inmediatas, irreflexivas y absolutas, sin regreso. Alguna vez había pensado que él iba a tener que abrirse un perfil como esos, y la idea —es decir, la idea de que un día iba a tener que descartar y ser objeto de descarte, imposibilitado como estaba de conocer a otras personas en una vida de trabajo formal y de actividad social casi inexistente no muy distinta a la de la mayoría de la gente que vivía en su ciudad, en su país— había sido lo más duro de sobrellevar durante los años en que había estado soltero, antes de conocerla a ella. ¿Qué había hecho durante todos esos años?, se preguntaba a veces: trabajar, encerrarse en su apartamento, salir con una o dos mujeres que algunos amigos habían creído perfectas para él y que tenían defectos evidentes, físicos y de carácter, que hacían imposible que lo suyo funcionase, masturbarse generalmente de madrugada, tratar de no sentir conmiseración por sí mismo y caer una y otra vez en ella.

La niña había terminado ya, y le extendió un pequeño cazo metálico vacío. «Cómetelo», le ordenó. Él se lo llevó a los labios y aspiró haciendo ruido. «Delicioso», dijo, y agregó: «Nunca había comido unas cucarachas tan buenas». La niña rio. «No eran cucarachas, eran caramelos con forma de cucaracha», dijo. A él le pareció que era un buen signo que la niña hubiese decidido darle algo medianamente comestible en lugar de insectos: quizás era el comienzo de algo, de un acuerdo tácito entre ambos según el cual ella no iba a darle de comer insectos porque los hijos no daban insectos a sus padres; sólo lamentó que la mujer no estuviera allí para verlos, para ver la forma en que la niña había derribado para él una pared que la mujer todavía mantenía alta, para protegerse y para proteger a su hija de las decepciones. Se había cansado de estar en cuclillas, y ya no llegaba ningún sonido desde la planta de arriba. Quizás demasiado precipitadamente, tal vez —iba a pensar después— de forma irresponsable —de forma completamente irresponsable, de hecho—, se dejó caer en el sofá y de inmediato percibió el resoplido del cojín cuando se sentó sobre él y luego un crujido y un chillido ahogado. La niña también escuchó todo ello y se giró rápidamente: cuando él se puso de pie y levantó el cojín del sofá y miró debajo, la niña soltó un grito. Su madre y la niñera se precipitaron escaleras abajo en cuanto lo escucharon.

Una vez más, en la cafetería en la que ninguno de los dos quería estar, en la que no atinaron a pedir nada, él le dijo que había sido un accidente; otra vez, ella, que no olvidaba la discusión que habían tenido sobre el animal y sobre la relación que la niña había establecido con él, no le creyó. A él le pareció que ella nunca había superado el período de prueba, pero también le pareció que, después de aplastar involuntariamente al hámster, no había forma de fingir que él sí lo había pasado o merecía otra oportunidad. La presencia de niños pequeños y roedores debía de ser un escollo insalvable para el amor en el presente; se dijo que siempre tenía que haber sido así, también en la Edad Media, cuando los ratones transmitían enfermedades mortales y los niños podían ser príncipes herederos de países que se rompían en guerras intestinas cada vez que uno de ellos venía al mundo con una promesa de inestabilidad y amenaza. Se dijo que iba a tener que evitar ambas cosas en el futuro, niños y roedores, pero también se preguntó cómo iba a hacerlo; sobre todo, cómo iba a hacer que cupiera en un par de frases de un perfil cualquiera todo lo que le había sucedido.

LA REPETICIÓN

Lo que nos ha confundido, nos orientará.

RAMÓN ANDRÉS

B

Veamos. Él despierta con un respingo; parece haber estado soñando, y emerge del sueño sólo muy lentamente. A su lado duerme su esposa, de espaldas a él, con el cabello rojo veteado de canas extendiéndose sobre la almohada como una mancha de sangre que se hubiera producido hace años y que nadie hubiese podido limpiar por completo hasta ahora. El hombre —vamos a llamarlo Paulo, por convención y aunque este no sea realmente su nombre— se sienta en la cama, extiende un brazo para alcanzar unas gafas, que se pone, y su rostro, que es el de un hombre mayor, es iluminado tenuemente por las luces de un día que no parece haber comenzado del todo aún pero va a comenzar en breve.

C

El hombre está vestido ya: se ha puesto una chaqueta gris y una camisa blanca. Está repasando el nudo de la corbata, que sin embargo ha hecho bien, aunque es evidente que él, que parece ser un perfeccionista, no considera suficientemente presentable. Aunque sus manos tiemblan ligeramente —es un hombre mayor, no exactamente un anciano pero sí alguien que parece empezar a convertirse en uno, con una conciencia exacerbada por estos pequeños detalles de que la seguridad en sí mismo que alguna vez irradió sólo puede ser mantenida a costa de un gran esfuerzo y como una simulación únicamente eficaz si se la exagera; no demasiado, pero sí un poco—, consigue realizar un nudo perfecto en la corbata, que es discreta, un trozo de algo que puede ser seda y no distrae la atención de la chaqueta —que parece de buena calidad, aunque no particularmente cara— sino que la orienta hacia ella, recortando la silueta del hombre y haciéndola ocupar un espacio físico, un sitio que casi podría tocarse con las yemas de los dedos, en la imagen. Por la ventana de la habitación se pueden ver un trozo de escalera metálica y la fachada de ladrillo rojo del edificio de enfrente, aunque tal vez no se trate realmente del bloque de viviendas de enfrente sino de las paredes del patio interior del edificio en el que se encuentra la casa, lo que pondría de manifiesto que el dormitorio, con su cama cubierta de sábanas blancas y el cabecero de madera oscura y la gran reproducción de una pintura de Hélio Oiticica —más precisamente del *Metaesquema n.º 348*, cuyo original puede verse en el MoMA—, se encontraría en la parte trasera del edificio; por la ventana entran los primeros sonidos del día, especialmente los del tráfico. Son esos ruidos los que despiertan a la mujer, que se despereza y se gira en la cama. Al verlo acicalándose frente al espejo, comprobando una vez más el nudo de la corbata, la mujer le dice, en un inglés de acento estadounidense:

«Oh, darling. Won't you ever remember that you don't have to go to the campus anymore?». El hombre –ya hemos dicho que su nombre es Paulo– deja caer las manos a los costados del cuerpo y se muerde el labio inferior, avergonzado, sin dejar de mirarse en el espejo.

D

Ahora está sentado en una silla de diseño en una sala que parece encontrarse en el centro de la casa y constituir la biblioteca, o tal vez el comedor, de la vivienda; en cualquier caso, está separada de la cocina por un pasillo, ya que al fondo del pasillo –que está cargado de libros, como también lo está la pared a espaldas del hombre– se ve una cocina, y en ella, a la mujer, que parece estar cocinando. El hombre –llamémoslo Paulo– se ha quitado la corbata pero conserva la chaqueta y la camisa y está leyendo un libro de João Gilberto Noll en portugués cuando suena el teléfono; la mujer abandona la cocina y se dirige a la sala a través del pasillo para responder la llamada, pero Paulo se estira y dice débilmente: «Yes?». Escucha por un instante y luego responde: «Oh, yes, *Ruivinha*. She's here. I'll put you through to her. See you. *Até logo*». La mujer se acerca y toma el aparato. Paulo no parece tener interés en escuchar, y aprovecha la ocupación de su mujer para dirigirse al dormitorio, que se encuentra junto a la sala –el piso no es muy grande, y los objetos de la vida compartida por Paulo y su mujer, aunque no son muchos, provocan una cierta impresión de abarrotamiento–, y se sienta en una poltrona junto a la cama. Frente a él, en una pequeña repisa blanca en la pared, hay varias fotografías. En una de ellas aparece una fila de jóvenes vestidos formalmente de pie en lo que parece la sala principal de un palacio; uno de ellos se encuentra un paso por delante del resto de la fila y agacha el cuello ante un hombre mayor que le pone una medalla: el hombre mayor es el presidente João Goulart. En otra fotografía se ve al mismo joven, pero esta vez en mangas de camisa y en lo que parece una fiesta o tal vez un cumpleaños, y a su lado hay una joven morena; él rodea su cintura con un brazo y ella lo recibe sin sorpresa, pero también sin parecer demasiado consciente de ello, con naturalidad; ambos sonríen: su postura y el hecho de que él haya salido ligeramente movido en la imagen, detenido en el instante en que se giraba hacia la cámara, hace pensar que la foto fue tomada espontáneamente y sin su consentimiento. Paulo estira su mano hacia la fotografía de los jóvenes, pero escucha pasos en el pasillo y, a último momento, toma en su lugar la otra fotografía. «What are you doing?», le pregunta la mujer, que aparece en el dintel de la puerta. Él balbucea: «Eu... I... Did I ever tell you that they threw him out a couple of days after this ceremony? We were invited to Brasília to receive the medals for being meritorious students, and then we returned, and I only knew they had deposed him when I arrived in Florianopolis. It was a long bus ride from Brasília. We spent days on the road, and nobody told us anything while we were traveling, as if the people were in shock and didn't want to spoil our happiness and the sense of being honored we felt because we had met the President. But he wasn't the President anymore». La mujer guarda silencio un instante y a continuación le contesta: «Yes, I've heard the story thousands of times before», y luego pregunta si se encuentra bien, pero Paulo no responde.

E

Viajan en metro, uno junto al otro en asientos de espaldas a la ventanilla del vagón, por la que desfila una pared gris interrumpida a veces por cables y en ocasiones por estaciones que llevan nombres como «Borough Hall» y «High St.». El hombre lleva un pastel envuelto en papel blanco sobre las rodillas y la mujer a su lado sostiene un ramo de flores; él sigue vestido como antes, pero la mujer se ha puesto un chubasquero y una falda; lleva las piernas cruzadas y no es inapropiado observar que tiene unas piernas magníficas pese a su edad. No hablan, abstraídos en sus respectivos pensamientos o sencillamente aburridos por un itinerario que parece resultarles familiar. Al detenerse el tren en la estación «Bway Nassau», sin embargo, los ojos del hombre tropiezan con los de una joven que abandona el tren, y Paulo se gira para verla por la ventanilla: la falda de la joven, que absurdamente el hombre cree reconocer, es como la de la joven de la fotografía. «It's not Canal Street yet, honey», le dice la mujer, pero el hombre ya se ha puesto de pie para seguir a la joven. Al hacerlo, el pastel cae al suelo del tren sin un sonido.

F

Están cenando en casa de la hija, con su marido. La casa es pequeña pero carece de fotografías y de objetos, como si la vida de ambos, a diferencia de la de Paulo con su mujer, todavía careciese de una especie de memoria física, como si esa vida fuese por completo interior o incipiente. «Where's the cake, *pai?*» pregunta la hija con sorna; su madre la ha puesto al tanto ya, en la cocina, del incidente en el tren. El hombre responde: «I'd rather have some fruit», pero no consigue sonreír de forma convincente y vuelve a su ensimismamiento. No es una cena placentera, y es posible que los participantes en ella la olviden rápidamente, en especial el marido de la hija, que no sabe portugués, que jamás ha vivido en Brasil, que guarda por las raíces de su esposa, y en especial de su suegro, una indiferencia complaciente que, de algún modo, es una forma de la incomprensión: el marido de la hija nunca ha prestado demasiada atención a los deportes y el fútbol –es decir, el «soccer»– le resulta incomprensible. ¿Por qué sólo hay una pausa en el juego? ¿Por qué todos los jugadores utilizan apodos, mayormente diminutivos? ¿Por qué sólo algunos pueden tomar la pelota con las manos? El marido de la hija es, por supuesto, psicoanalista.

G

«Why do we dream?», le pregunta Paulo repentinamente. «Why wouldn't we?», responde, pero de inmediato se avergüenza de su respuesta; comprende que su suegro se lo pregunta en serio y como si hubiese estado albergando la pregunta mucho tiempo. «What do you mean?», pregunta la esposa. «What does he mean about what?», pregunta a su vez la hija, que regresa de la cocina con una botella de vino y se sienta con los demás. «Well –comienza el marido de la hija–, it seems that the function of dreams is kind of saving information into the memory system in a playful way that reduces emotional commitment, so you can cope with trauma or stressful events». «I don't have any traumas, nor stressful events on my past –responde Paulo–. Everything I remember is good. My life was good», agrega, aunque el uso del pasado lo desconcierta y lo avergüenza. «So you don't have any remorse, do you?», pregunta el marido de la hija. «Not that I remember», afirma Paulo; su mirada huye hacia el plato ya vacío que se encuentra frente a él. «We don't always know we have desires or thoughts. Sometimes we don't even remember them, or don't want to remember them because we repress them –dice el marido–. Why don't you just tell me what your dream was about, Paulo?», pregunta, pero Paulo responde: «Oh, I dreamed of a party. Nothing to be repressed, you know». «Do you like parties, Paulo? —insiste el marido—. Do you like cakes?», responde el otro: «Yes, I do. Do you?» «I don't», dice Paulo, y pide que alguien ponga algo de música.

H

Ahora el hombre está comprando en una tienda de comestibles. En la mano izquierda sostiene una cesta que ya tiene algunos productos en su interior, y está contemplando las bolsas de patatas fritas: hay tantas variedades que parece imposible escoger una, y Paulo, que se pone las gafas con torpeza, permanece de pie frente a ellas leyendo las etiquetas y sin atreverse a tomar ninguna. «May I help you?», pregunta una empleada que pasa junto a él cargando con una caja. «Don't you have any with Brazilian flavor?», pregunta el hombre. «I don't think we have anything like that —le responde la empleada, y pregunta—: What do you mean with "Brazilian"?» «What are you doing? You know you can't eat fries», dice la esposa, que emerge de la hilera de anaqueles con una bolsa de papel de la que asoman unas manzanas. La empleada se queda mirándolo hasta que Paulo baja avergonzado la vista y se da la vuelta en dirección a las patatas fritas. Toma unas con sabor a vinagre y sal, aunque sabe que las dejará en la caja de la tienda, asegurando haberse equivocado.

I

«What's the name of *feijão* here?», pregunta Paulo. Está sentado en la silla de diseño, en la sala, de espaldas a sus libros, y su mujer se encuentra al fondo del pasillo, en la cocina, cortando las manzanas. «Why, you don't remember? It's black beans», contesta la mujer. «No, it's not the same. Black beans aren't *feijão*», responde él. «They don't taste the same –dice, y agrega–: They don't taste the same, you know. Nothing tastes the same, so you can't repeat it». «You can't repeat anything, do you?», responde la mujer; es evidente que está distraída, que no es consciente de que para Paulo se trata de una conversación importante. «What do you mean with "anything"?», pregunta, pero ella no le contesta.

J

Unos días después Paulo recibe una invitación para asistir a un congreso en Rio de Janeiro. El tema del congreso carece de importancia; de hecho, ni siquiera Paulo parece recordarlo después de unos días. Va a despedirse de su hija; ella trabaja en un museo de ciencias naturales, y los dos están paseando por una de las salas, entre especímenes de grandes animales embalsamados que contemplan al visitante desde sus vitrinas, cuando la hija pregunta: «How many days will you stay there?». «Four», responde Paulo. «Does *mai* go with you?», pregunta la hija, pero Paulo no responde: se pone las gafas y se queda absorto en la contemplación de un venado que parece vivo, una especie de símbolo de fuerza y de juventud encaramado a una roca cubierta de musgo. «How do you do that?», pregunta. «Oh, we just empty the animal and throw away everything except the carcass and the skin. And then we fill it up, you know». «So it's not real». «No, it isn't. If you keep a single piece of flesh it decays. It's not about showing a real specimen, but to create the illusion. You can't do that with the real stuff, you know», dice la hija.

K

Está sentado en el asiento del avión que corresponde a la ventanilla, pero no hay nada que ver al otro lado excepto una especie de bruma indiferente de tono grisáceo; aun así, Paulo no quita los ojos de ella hasta que otro viajero, en el asiento contiguo, le pregunta: «Would you mind?» y le señala el periódico que sostiene en las manos, al tiempo que lee: «American writer, most known for his novel *The Adventures of Tom Sawyer*. Pen name. Five letters». Paulo observa a su vecino, un joven que lleva pantalones cortos, una camiseta con los colores de la bandera de Brasil y una gorra de los Dodgers que no se ha quitado desde que entró en el avión. Las azafatas están repartiendo la comida, y alcanzan la fila en la que Paulo y el joven están sentados, cuando Paulo musita: «Twain». «You spell it», le pide el joven, pero entonces una de las azafatas se inclina sobre ellos y pregunta, como todas, interrumpiéndolos: «Chicken or pasta?».

L

Él despierta con un respingo; parece haber estado soñando, y emerge del sueño sólo muy lentamente, con dificultad. El joven a su lado está dormido, con la cabeza, en la que aún lleva la gorra de los Dodgers, reclinada sobre el pecho. Todavía tiene el periódico en el regazo, y Paulo se pone las gafas para echarle una mirada breve. El joven ha escrito «Tueil» y ahora las casillas contiguas del crucigrama son un desastre. Paulo lee: «uhisky», «weter» y «lorway», palabras repartidas alrededor del nombre de pluma de Samuel Langhorne Clemens como si hubiese ocurrido un seísmo.

M

Paulo piensa en los sueños que ha tenido en los últimos días: esos sueños, encadenados, arrastrados en la sucesión de unas pocas horas después de que sus protagonistas hubiesen estado olvidados durante años, no le parecen la emergencia de nada reprimido, ni siquiera un recuerdo que hubiese encontrado una forma —indirecta, sesgada, sometida al capricho de las horas de sueño, proclive a la interpretación— de ser recordado con la finalidad de llenar una especie de vacío, sino sencillamente un mandato. Paulo no recuerda ninguno similar y nunca ha sido nostálgico: se marchó de Brasil poco después de terminar sus estudios de grado y desde entonces ha regresado periódicamente con una mezcla de curiosidad y de indiferencia, sin tener ningún deseo de quedarse en su país de origen. Sin embargo, al abandonar la sala reservada a los pasajeros que esperan sus maletas, ya en el aeropuerto, toma una decisión y también se pregunta si esa decisión es correcta y si él estará a la altura de lo que ésta demanda; se pregunta si no será débil y abandonará el proyecto antes de concluirlo, si ese proyecto no será imposible de llevar a cabo, qué pensarán su mujer y su hija al respecto, los organizadores del congreso, sus colegas, si alguna vez se enteran. Acerca de la utilidad del proyecto no se hace preguntas: en primer lugar, porque considera que su utilidad se extrae del proyecto mismo y éste todavía no ha sido comenzado; en segundo lugar, porque la razón del proyecto mismo, que parece surgir del sueño y tener la lógica que los sueños tienen, le parece incomprensible. Al abrirse las puertas que separan la sala principal del aeropuerto y el sector reservado a los pasajeros, Paulo ve algunos rostros de ancianas, un perro, algunos niños, y un hombre mayor y ligeramente calvo con aspecto de chofer que sostiene un cartel por encima de sus hombros. En el cartel está escrito su nombre, pero Paulo pasa a su lado como si no supiera leer, toma un taxi, desciende de él en la estación de autobuses, compra un billete: al sentarse en uno de los asientos del autobús cree distinguir una sombra familiar al otro lado de la ventanilla, pero es sólo su rostro, que se refleja en el cristal. A Paulo ese rostro le parece ya el de otra persona.

1

Un televisor en la recepción del hotel exhibe un vídeo promocional en el que, entre otras cosas, aparece esa misma recepción, y el mismo empleado que saluda a Paulo con la misma frase servil y la misma inclinación de cabeza que en el vídeo, y Paulo, que se pone las gafas para poder verlo, se pregunta si no está siendo grabado en este mismo instante para ser exhibido en unos momentos, ante los ojos del próximo cliente, a modo de promoción de un hotel que, llegado el cliente a ese punto, ante el mostrador, no necesita, en realidad —y ésta es la paradoja—, promoción alguna. Pide una habitación pequeña, y cuando el empleado repite la palabra —dice en voz baja «pequena», como para sí—, Paulo cree reconocer el acento que los habitantes de Florianópolis tenían cuando él era niño, aunque el empleado es joven y es posible que ni siquiera sea catarinense. Paulo siente una especie de identificación momentánea y muy breve con el empleado y por un instante se pregunta si él mismo no estaría ocupando su lugar en otras circunstancias, menos favorables. Pero, cuando el empleado le pide un documento para completar su registro, finge no encontrarlo; a pesar de que sólo lleva un bolso de mano y una maleta pequeña, inapropiada para una estancia superior a los cuatro días que debía pasar en Rio de Janeiro, Paulo se entretiene lo suficiente fingiendo buscarlo como para que el empleado pierda la paciencia y le diga que puede entregárselo luego. Paulo asiente, confiando en que su turno haya cambiado la próxima vez que él pase por la recepción, y sube a su cuarto.

2

Primero piensa que tiene que recordar dónde se celebró exactamente la fiesta. La fotografía, que ha quitado de su marco y lleva ahora en el bolsillo interior de la chaqueta, no le sirve de mucho en ese sentido, ya que ha sido tomada en el interior del local, que él recuerda vagamente como un galpón pequeño, una especie de plaza de garaje, de paredes blancas. Recuerda que la puerta del galpón estaba pintada de azul y que alguien le avisó que había sido pintada recientemente, de modo que no debía apoyarse en ella si no quería estropearse el traje. Frente al galpón había un pequeño guanábano, y Paulo recuerda que él le besó la mano junto a él y que a continuación ella se besó a sí misma la mano, exactamente en el mismo sitio donde él lo había hecho. Él tenía diecisiete años por entonces, y ella debía de tener dieciséis o quince. Su familia y él vivían en Trindade, en una casa pequeña que daba al Morro da Cruz, pero el galpón estaba en la zona de Agronómica, en una calle que ascendía al Morro. Al subirse al taxi que ha pedido en la recepción del hotel, Paulo indica al taxista que recorra Agronómica, en particular las calles que suben al Morro, y que lo haga lentamente. El taxista se voltea para mirarlo; es un negro viejo, con la mitad del rostro paralizado. «Você e um florianopolitano velho, hein?», le pregunta. Paulo asiente, pero el taxista ya se ha volteado cuando lo hace.

3

Naturalmente, las calles de Agronómica han cambiado mucho, como el resto de la ciudad. A Paulo eso no le provoca ningún asombro y, sorprendentemente, tampoco ninguna nostalgia: siempre ha pensado que Brasil es, más que ningún otro, el país del futuro, y que, por consiguiente, no hay nostalgia posible en él, excepto una celebratoria, que no es tanto una manifestación de pesar como una de alegría ante la evidencia de que se carece de un pasado de alguna relevancia; para Paulo, esa es la razón por la que los brasileños siempre parecen encajar perfectamente en los Estados Unidos aunque no en Europa, que es sólo pasado.

4

Finalmente lo encuentra. La puerta azul parece haber sido pintada en varias ocasiones, en diferentes tonos de azul; la suma de todos ellos recuerda imprecisamente al que tenía cuando Paulo asistió a la fiesta. Frente al galpón, el guanábano ha crecido y ahora proyecta su sombra sobre buena parte de la calle: en lo alto, comprueba, los frutos han madurado ya y cuelgan como animales moribundos. Paulo pide al taxista que se detenga por un instante, pero no baja del vehículo. En la puerta, un cartel anuncia que el local se alquila como plaza de garaje y como vivienda y hay un número al que se puede llamar. Paulo se pone las gafas y pide un bolígrafo al taxista, quien, sin embargo, carece de papel, así que tiene que escribirse el número en la palma de la mano. Al regresar al hotel, el número se ha borrado a causa del sudor, pero él lo ha mirado tantas veces ya que se lo sabe de memoria.

5

Llama desde su habitación al número que aparecía en el cartel y pregunta acerca del precio del local. Le dicen una suma mensual, no muy alta. Paulo responde que prefiere alquilarlo sólo por una noche, que necesita el local sólo por una noche, pero la voz al otro lado del teléfono —es una voz femenina, que tiembla ligeramente— le dice que no es posible alquilar el local por una noche, que sólo se puede hacerlo por un mes o por más tiempo. Paulo responde que no importa, que lo alquila por un mes. «Não deseja ver-o primeiro?», pregunta la mujer, pero Paulo dice que no, que estuvo allí hace años y que cree poder recordarlo bien. A continuación acuerdan una cita para firmar el contrato de arrendamiento el día siguiente y proceder a la entrega de las llaves, y después Paulo se despide y cuelga. Antes pregunta cómo se llama la mujer, pero ésta ya ha cortado la comunicación cuando lo hace. Paulo se quita las gafas y luego se queda contemplando el teléfono un momento, como si lo observase por primera vez o no supiese qué hacer con él. Finalmente lo toma y marca un número que conoce de memoria. Después de un momento dice: «Hello, darling. You know I don't like to talk to machines, so I'll be brief: I'm here. The flight was alright. And now I'm here. I mean, I'm not exactly here. But I'll be, I guess. "And where is here?", you'll ask. It's in the past. Here's in the past». Paulo vacila un momento con el aparato en la mano y luego cuelga sin un sonido.

6

Esa noche pide al servicio de habitaciones que le suban un plato de espaguetis y se echa en la cama descalzo a ver un partido de fútbol entre el Figueirense y el Criciúma; cuando era joven, era aficionado del Metropol por agradar a su padre, pero el club parece haber desaparecido hace años. A Paulo el partido le interesa relativamente poco, pero encuentra algunas razones para sentir cierto interés por él: el Criciúma tiene un mediocampista llamado Rodrigo Souza que le recuerda a un boxeador a punto de caer sobre la lona, en el Figueirense juegan Coutinho y Wellington; el entrenador se llama Argel Fucks. Paulo sigue el juego desde la cama pero no alcanza a memorizar las posiciones de los futbolistas y muchos de ellos le parecen unos ancianos, a pesar de que podrían ser, al menos técnicamente, algo así como sus nietos. Nada en ellos le recuerda a los esplendorosos, arrogantes, jugadores de fútbol de su juventud; todos parecen atemorizados, como si tuviesen que leer una conferencia ante un público de especialistas y sus papeles se hubieran desordenado o los hubiesen olvidado en el hotel. Cuando finalmente llega el servicio de habitaciones, quien trae la bandeja con los espaguetis es el joven que lo atendió en la recepción al llegar. El joven le pide disculpas, le dice que el hotel está escaso de personal. Al ver que está mirando el partido, le pregunta de qué equipo es aficionado, pero Paulo le responde que ya ha entregado la documentación en la recepción del hotel y que todo está en orden. El joven vacila un instante, y luego le extiende un recibo para que firme. Paulo lo hace y deja un billete junto al recibo y el bolígrafo con el que ha firmado. Al verlo marcharse, descubre que el muchacho es cojo: arrastra su pie derecho, que está vuelto en un ángulo extraño en relación a su posición natural, como si se negase a avanzar con el resto del cuerpo al que pertenece y prefiriera demorar su avance todo lo posible.

7

Está durmiendo cuando suena el teléfono; la luz de la habitación está encendida, él sigue vestido sobre la cama; en la televisión alguien anuncia un aspirador. Le cuesta un instante saber qué está sucediendo y dónde se encuentra. Mientras levanta el teléfono, se pone las gafas. «*Alô*», musita. «Paulo?», la voz de su mujer suena temblorosa y llega como a través de una caja de resonancia llena de rencores y dudas. «Where are you? Have you been drinking? You left a strange message some hours ago. Is everything alright?» Paulo no responde; en la televisión un hombre salpica una camiseta con kétchup. «Are you alone, Paulo? Where are you? This telephone number is not from Rio de Janeiro. What is happening?» Paulo sigue sin decir una sola palabra; el hombre de la televisión ha rociado la camiseta con un líquido y la mancha ha desaparecido. La voz de su mujer se quiebra, como si estuviese caminando sobre vidrios rotos: «Is there another woman?», pregunta. Paulo responde: «Sim». Va a cortar la comunicación cuando piensa que tiene que decir algo más, y agrega: «*Eu...* I need some days. I've got things to do. I've found... I've found a vein, a string that leads to the things I haven't done. But I'll be back. When the vein is exhausted and if I find my way, I'll return». Paulo aparta el teléfono de su oído como si éste fuese de plomo; cree escuchar que su mujer afirma o pregunta «Shall I come?», pero cuelga antes de tener que responderle.

8

A la mañana siguiente recorre tiendas de cotillón y de artículos para fiestas en el centro de la ciudad. Todo, sin excepción, le parece de un gusto pésimo; pero no es tanto su función lo que le irrita de ellos —en sustancia, las personas siguen celebrando como en 1965, no hay diferencia alguna al respecto—, sino su colorido, que le parece extenuante para la vista. Paulo piensa o imagina —puesto que no puede recordarlo con precisión– que las guirnaldas de aquella fiesta debían de ser igual de coloridas, pero se niega a creerlo, como si el hecho de que la fotografía que tiene de la fiesta, que es lo único a lo que puede aferrarse, y que es una fotografía en blanco y negro, llevase a que él sólo pudiera recordar la fiesta sin colores, en el blanco y negro de la imagen. En una o dos ocasiones cree haber dado con las guirnaldas, sin embargo; pero, al tocarlas, descubre que son de plástico, y las que él recuerda eran de un papel rugoso no particularmente desagradable al tacto; más bien agradable, y bastante resistente. Al final, en la tercera o cuarta tienda que visita, da con ellas y compra una docena. A continuación visita una tienda de discos donde acaba discutiendo con el dependiente: lo que él necesita no es, bajo ningún concepto, un equipo de música moderno, ni discos compactos, sino un tocadiscos que recuerda muy bien aunque su nombre se le escapa. El joven dependiente sonríe estúpidamente, como si estuviera escuchándolo desvariar, pero no puede ayudarlo. Lleva una argolla en el labio inferior y ésta golpea con sus dientes cuando sonríe. Paulo insiste: necesita un tocadiscos y, además, algunos discos originales, no muchos, él recuerda que cada uno de los invitados a la fiesta trajo los suyos, y que no había más que diez o doce. El joven le indica que esas cosas ya no se fabrican, como si Paulo no estuviese al corriente de ello, como si hubiese estado todos aquellos años en el fondo de una caverna oscura y húmeda viendo sombras del exterior que se proyectaban en una pared. (¿Fue realmente así? A veces Paulo cree que así fue realmente, pero no se atreve a admitirlo ni siquiera ante sí mismo, como si prefiriese permanecer cinco pasos por detrás de la idea de que su vida ha estado equivocada: cuando da un paso en dirección a sí mismo y a esa certeza, la idea también da un paso, y así, por fortuna, nunca se alcanzan.) Paulo se queda de pie frente al mostrador del local con una mezcla de asombro, hartazgo y miedo, hasta que el joven se dirige a otro empleado que lleva todo el cabello encrespado, como si se hubiese electrocutado recientemente –o mucho tiempo atrás: Paulo recuerda que su hija también usó ese peinado en la década de 1980, en una época en la que probablemente el empleado del peinado no había nacido aún–, y cuchichea un momento con él. El del cabello electrificado apunta algo en un papel y se lo da al otro empleado, que regresa junto a Paulo. Le dice que en la calle que le ha apuntado en el papel hay varios locales de antigüedades, y que suele haber discos originales –«vinils raros, vintage» los llama– en algunos de ellos. Paulo le da las gracias y está a punto de marcharse cuando ve que el joven le extiende la mano. No sabe cómo reaccionar, ni comprende el significado de ese gesto, pero él también le estrecha la mano y por un instante ambos parecen saberlo todo el uno del otro. «Boa sorte, meu velho», le dice el joven, y Paulo asiente, sorprendido y algo avergonzado.

9

En la tienda de antigüedades revisa todos los tocadiscos que encuentra y se asombra, en primer lugar, del hecho de que esos objetos, que para él fueron alguna vez de uso cotidiano, se hayan convertido, de algún modo, en piezas de museo, en antigüedades cuyo valor ya no es de uso: cosas cuyo precio no está determinado por su utilidad sino por el tiempo que media entre el momento en que fueron usados por última vez y el presente. Paulo se pregunta cómo contabilizar ese tiempo; cuánto valor añade al objeto cada año, cada mes, cada día, y si la regla del incremento del precio en virtud del tiempo transcurrido se aplica, de algún modo, a las vidas de las personas: los últimos años en la universidad, las reacciones de sus alumnos ante lo que alguna vez definieron, en su presencia, como una visión «desactualizada» de los textos, le hacen pensar, sin embargo, que no es así; o que, acaso, con las personas sucede exactamente lo contrario, y que su valor se pierde con los años en lugar de aumentar. Lo que le asombra, en segundo lugar, es la profusión de objetos familiares que encuentra en la tienda; en ella, piensa, está todo lo que necesita, o casi todo. Encuentra el tocadiscos cuya memoria ha conservado malamente y algunos de los discos que necesita –los que compra en esa tienda son los siguientes: *O mundo musical de Baden Powell*, los sencillos de los Beatles «Can't Buy Me Love», «Twist and Shout» y «I Want to Hold Your Hand», que recuerda que fueron puestos una y otra vez a lo largo de la fiesta, *Avanço* del Tamba Trio, el disco de Roberto Carlos que incluía la canción «Louco Por Você», el sencillo de «Non ho l'età» cantado por Gigliola Cinquetti, que a quienes sabían algo de italiano les provocaba risa, el de «Uno per tutte» de Tony Renis y Emilio Pericoli y el de «Oh, Pretty Woman» de Roy Orbison; los que conseguirá en otras tiendas que visitará a continuación serán un disco del Salvador Trio y *Another Side of Bob Dylan*, que recuerda que alguien llevó a la fiesta pero que no fue puesto a pesar de las protestas de algunos–; también encuentra unos vasos plásticos como los que había en aquella fiesta y que alguien, por alguna razón, parece haber conservado hasta el momento en que los vendió en la tienda de antigüedades, Dios sabe en procura de retener qué experiencia y qué significado.

10

A Paulo le quedan todavía un par de horas antes de encontrarse en el galpón con la mujer responsable de alquilárselo; está cargado, pero no quiere pasar por el hotel, ya que su idea es llevarlo todo hoy mismo. En un local de comidas que da a la calle ordena un filete de ternera y unos huevos fritos, que come lentamente. Mientras almuerza recibe una llamada de su hija en el teléfono móvil. «What the fuck is all this?», escucha que su hija le pregunta, pero el teléfono se queda sin batería antes de que pueda responderle. Al terminar de comer, observa el fondo del plato de cartón en el que le han servido la ternera; piensa que funcionará, y convence al empleado que se encuentra detrás de la barra haciendo la comida para que le venda una veintena de ellos. En la televisión, un anciano –su puesta en escena es la que corresponde a alguien que encarna, de algún modo, la autoridad, intelectual o de otro tipo: está sentado en una poltrona frente a una fila de libros encuadernados en cuero, cuyos títulos Paulo no puede leer, y apoya sus manos en un bastón con el puño labrado; lleva una chaqueta azul con una corbata de color celeste y un prendedor con la bandera brasileña y algo que parece una corona o la aureola de un santo sobre ella– afirma que las cosas están mal, que nunca han estado peor. Paulo se pone las gafas y, al hacerlo, cree recordar que se trata de un viejo político brasileño, aunque no acierta a identificarlo. «As coisas estão mal no país. As coisas estão tão mal que, se eu estivesse morto, eu preferiria ficar morto como estou», dice el hombre en la televisión. Paulo paga y se pone de pie y sale a la calle con las bolsas que ha acarreado durante toda la mañana. Sólo ha dado unos pocos y dificultosos pasos en dirección a una parada de taxis cuando escucha que lo llaman; es uno de los jóvenes que estaba comiendo en el local que acaba de abandonar: trae su teléfono móvil en una mano que enarbola sobre su cabeza. «O senhor esqueceu isso», dice. Paulo lo mira, responde: «Quem pode dizer que lembra e que esquece?». Y sigue caminando.

11

La mujer dice llamarse Lívia; es baja, y su rostro tiene el tono grisáceo que suelen adquirir ciertos mulatos cuando se ven impedidos de tomar el sol por una razón u otra. A pesar de ello, parece haber sido guapa alguna vez, en una juventud más reciente que la de Paulo, aunque a éste, en estos días, nada le parece más reciente que su juventud, que es, digámoslo así, inminente. Paulo baja del taxi con las bolsas de lo que ha comprado y las esparce a su alrededor, a la sombra del guanábano. Alguien ha pegado en la puerta del galpón un cartel anunciando un concurso de forró en el que seis o siete bandas se «enfrentarán» en un escenario circular, que permitirá que se alternen: el público decidirá cuál de ellas es la triunfadora de la noche. Paulo se pone las gafas para leer el cartel, y su rostro se encoge en un rictus de enfado. «Não foi assim. Isto não estava aquí. Não era assim. Tem que ser como foi», murmura mientras intenta despegar el cartel, pero el cartel está pegado a la madera de la puerta, y Paulo tiene que tomar una moneda y raspar con ella toda la superficie, como si la estuviese borrando. Cuando termina, descubre que se ha excedido y que ha arrancado también las capas de pintura que yacían bajo el cartel: una azul, otra celeste, otra verde, y luego el azul original, el que él recuerda. La mujer llamada Lívia desciende de una camioneta que ha aparcado al otro extremo de la calle y se acerca a él, se presenta, le estrecha la mano. Paulo está ansioso, y a duras penas puede contenerse mientras la mujer trata infructuosamente de encontrar la llave que corresponde al candado del galpón, y que ella busca en un manojo de llaves que ha extraído de su bolso: la mujer parece indiferente a los objetos que Paulo ha apilado bajo el guanábano, así como a su ansiedad. Cuando finalmente encuentra la llave que permite abrir el candado, éste cede y las cadenas que sujetan las hojas de la puerta caen al suelo. Hay una cerradura más, la de las puertas del galpón en sentido estricto, pero, mientras busca la llave para abrirla, Lívia deja caer la carpeta que lleva debajo de un brazo; cuando recoge la carpeta, se le caen las llaves. La situación es embarazosa para ambos, pero ninguno habla, y Paulo puede verse o imaginarse desde el otro lado de la calle, siendo los dos observados por vecinos quizás ya acostumbrados a la impericia con la que Lívia muestra el galpón a los interesados en alquilarlo. ¿Alguno de esos vecinos habrá sido testigo de la fiesta? ¿Habrá visto llegar a aquellos jóvenes entre los que él mismo –y ella– estaban, se habrá enfadado por el volumen de la música –que seguramente no estuvo en ningún momento muy alta, habida cuenta del tamaño reducido del altavoz del tocadiscos, pero debe de haber parecido, de seguro, monótona; Paulo recuerda que, a cierta hora de la noche, las canciones de los Beatles eran puestas una y otra y otra vez a pedido de los que querían bailar y que nadie tocó ya los otros discos–, habrá estado entre los que gritaban, a los últimos, «Vai pra casa!»? Paulo no lo sabe, y una cierta inquietud se apodera de él cuando piensa que la repetición de la mayor cantidad posible de acontecimientos que tuvieron lugar durante aquella noche requiere también de la intervención de los vecinos. ¿Cómo convencerles, sin embargo, de que deben contribuir a una fiesta que tuvo lugar hace medio siglo? ¿De qué modo, mediante qué coacción, persuadirles de que espíen la llegada de unos jóvenes que esta vez no vendrán, se enfaden por el volumen de una música que sólo sonará débilmente, griten «Vai pra casa!» a nadie, a los perros que deambularán por la calle cuando las personas se encierren hasta el día siguiente? Cuando finalmente Lívia consigue abrir la puerta, la situación es, por decirlo así, anticlimática: los últimos ocupantes del galpón, que parece haber sido reconvertido en una vivienda, o al menos en una especie de vivienda, han dejado algunos muebles –un colchón, un sofá, la mesilla de un televisor, aunque no el aparato– que a Paulo le parecen presencias irritantes, inapropiadas para un lugar como ése. Lívia parlotea incesantemente, ponderando las virtudes –por lo demás, inexistentes– del galpón, que carece de baño, que no tiene ventanas, que está encajonado entre dos edificios altos que no estaban allí hace cincuenta años y que a él le parecen el colmo del mal gusto. Paulo la interrumpe para pedirle los contratos y los firma recostado sobre la mesilla del televisor tan pronto como Lívia se los extiende. La mujer lo mira con cierta extrañeza, pero disimula su asombro cuando ve que el hombre la está observando. «O ajudo a colocar as coisas dentro da casa?», le pregunta. «Não. Não é necessário», responde Paulo. Ambos se quedan en silencio, incómodos. Paulo advierte que la luz afuera del galpón ha comenzado a escasear y que se han quedado en penumbras, pero no se mueve; la mujer, que parece observar lo mismo, se dirige a un interruptor en la pared: por fortuna, el galpón tiene conexión eléctrica. «Você é daqui?», pregunta Lívia finalmente. Paulo se pregunta a qué se refiere con la palabra «aquí», pero se apresura a responder: «Não», luego se corrige: «Sim», y agrega de inmediato: «Desejo ficar sozinho um momento, por favor». Lívia lo mira como si la hubiera abofeteado, pero luego responde «É claro» y se dirige a la salida; desde la puerta todavía le dice algo, pero Paulo, que está dándole la espalda, no consigue comprender qué ha dicho.

12

Mete todo en la casa, con dificultad y lentamente, en varios viajes que hace desde el interior del galpón al guanábano y luego de regreso. A continuación, con gran esfuerzo, deteniéndose para recobrar el aliento cada pocos pasos, saca a la calle el colchón, la mesilla y el sofá —este último, por fortuna, tiene ruedecillas— y regresa al interior del galpón. Por esa tarde no toca nada de lo que ha comprado: se sienta en un rincón, contra la pared del fondo, y se dedica a mirar alternativamente la fotografía y las paredes vacías y algo manchadas del local. Apunta mentalmente las cosas que debe comprar aún, y se pregunta si conseguirá dar con ellas, y dónde. Se dice que ahora todo le parece más pequeño o más grande, no está seguro, pero también se dice que el hecho de que ahora las cosas le parezcan —y no «sean», simplemente, como sucedía en el pasado— es la señal más evidente del paso del tiempo, en él y en los objetos que lo rodean, así como la evidencia de que la dificultad de su proyecto lo vuelve prácticamente inviable. Paulo piensa en la más evidente de las imposibilidades que rodean su plan, que ya se ha planteado a sí mismo varias veces desde que tuvo el sueño: la de que no es posible conseguir la asistencia de quienes participaron en la fiesta de aquella noche. Muy posiblemente algunos hayan muerto ya; otros —es su caso, pero también el de otras, no pocas personas, del círculo que frecuentaba por entonces— ya no viven en Brasil; de algunos no supo nunca el nombre, o lo ha olvidado. ¿Qué sucedería, se pregunta, si consiguiese recordar sus nombres, si diese de alguna forma con ellos y les hablase del proyecto? ¿Cuál sería su reacción al escucharlo? ¿Lo recordarían a él, el joven que había viajado a Brasilia para ser condecorado con otros alumnos destacados por el presidente y que poco después de la fiesta se fue a estudiar fuera de Brasil, al parecer a Estados Unidos? Quizás, sencillamente, hayan olvidado todo ya, o vivan de espaldas al pasado, como Paulo ha hecho hasta hace poco tiempo; tal vez, incluso, hayan reconocido también un momento de bifurcación en su existencia, un instante en el que las cosas pudieron haber sido de otra forma, por completo distinta, pero ese momento no se encuentre en la fiesta sino en cualquier otro acontecimiento, y que sea ese acontecimiento, y no la fiesta, lo que pretendan revivir, de algún modo. Muy probablemente, piensa Paulo, la idea de que la repetición de la mayor cantidad posible de circunstancias en torno a un momento específico de la vida de una persona puede permitir a esa persona, de alguna forma, «regresar» a ese momento —de alegría o de infelicidad, poco importa, ya que lo realmente relevante es que ese momento ha sido significativo y todavía «le dice algo» a quien lo ha vivido– a ellos les parezca ridícula. Porque, más allá de los cambios que se han producido en los sitios y en las personas en el último medio siglo, que invalidan cualquier proyecto de recreación de un momento específico, ¿qué podría hacer que suponga que la repetición de un acontecimiento que se desea alterar, aunque sea mínimamente, no supone también la repetición de las circunstancias posteriores? Paulo ha pensado mucho en el tema, y cree que la palabra clave en ese razonamiento es «recreación»; es decir, una cierta forma de repetición con distancia crítica, que es la forma también en que opera el arte en su relación con la realidad. ¿Acaso su proyecto es «artístico»? Paulo lo duda: nunca ha tenido ningún interés en producir arte, aunque lo ha consumido en cantidades ingentes como profesor de literatura –a pesar de que, desde luego, decir que la literatura es arte resulta, de alguna forma, una exageración, como decirlo del cine–, y, en cualquier caso, y si alguna vez «creyó» en él, ya no lo hace, convencido de que el arte no puede echar atrás el tiempo ni impedir que éste continúe transcurriendo, al menos no de la forma en que podría hacerlo su proyecto si sale bien. Al ponerse de pie, la espalda le duele terriblemente: él mismo, piensa Paulo, es una manifestación de que el tiempo transcurre dentro y fuera del arte, y que generalmente lo hace con crueldad.

13

Cuando sale a la calle, alguien se ha llevado ya todas las cosas: el colchón, la mesilla, el sofá.

14

Al regresar al hotel, encuentra dos llamadas en el contestador del teléfono. Las dos son de su esposa: la primera es furibunda; la segunda exhibe una variante reposada del dolor, como si la huida del marido hubiese tenido lugar años después de la primera llamada y ya hubiese sido disculpada por la mujer. Paulo se da una ducha larga y a continuación se echa en la cama envuelto sólo con una toalla. Se pone las gafas, prende la televisión y pasa los canales hasta que da con un filme en blanco y negro. En él, los indios están a punto de asaltar la diligencia, y Paulo se pregunta si alguno de ellos —o, mejor aún, alguno de sus descendientes, puesto que es obvio que el filme es antiguo y que todos sus protagonistas deben de haber muerto ya— recordará haber rodado esa escena y otras, si dispondrá de ellas, o si se reconocerá o reconocerá a su abuelo o a su padre cuando el filme irrumpe en la televisión y un puñado de indios se apresura a asaltar la diligencia. Una vez más —porque Paulo ha pensado a menudo en ello—, se pregunta dos cosas: en primer lugar, a quién corresponde la autoría de una escena en el cine —¿al director del filme? ¿Al montajista, al iluminador, al camarógrafo; acaso a los actores? La indefinición en ese sentido siempre le ha arruinado el placer de ver películas, a él, que en su trabajo siempre ha leído por y desde los autores de los textos, quienes, por lo general, son un sujeto individual y fácilmente identificable—; lo segundo que se pregunta es cuánto cuesta una escena en el cine y si su costo —que sabe elevado, porque alguna vez ha coincidido en alguna fiesta con alguien relacionado con el negocio del cine, nunca nadie particularmente relevante— se justifica, sobre todo si se considera que la escenificación de una situación específica —pongamos por caso, el asalto a la diligencia— es obscenamente cara y siempre resultará imperfecta en relación a la forma de la que dispone un escritor de inducir a un lector a imaginar esa misma escena, para lo cual no necesita más que un dominio modesto de su lengua materna y un poco de papel y algo de tinta. Paulo nunca ha comprendido a los escritores que se han pasado parcial o completamente al cine: siempre le ha parecido que esos escritores renunciaban a algo íntimo y precioso, a la vez que inalienable, que era la producción de circunstancias específicas con un número prácticamente insignificante de medios. A pesar de ello, piensa antes de caer, una vez más, en un sueño profundo que la escena de la diligencia está muy bien filmada; por supuesto, los indios son repelidos. Una vez más, a último momento.

15

El teléfono suena en el medio de la noche y lo sobresalta. Paulo estira la mano en dirección a él, lo toma y se lo acerca, pero se limita a escuchar la voz en el otro extremo. Es la de su mujer, quien *a*) llora; *b*) lo insulta; *c*) le dice que lo ama; *d*) le pide que vuelva; *e*) le pregunta si está con la otra mujer; *f*) llora; *g*) lo insulta; *h*) le exige que vuelva; *i*) le dice que quiere salvar su matrimonio; *j*) le dice que ya no es el mismo desde que dejó la universidad; *k*) le dice que no tenían derecho a hacerle lo que le hicieron, prescindir de él de esa forma sólo por haber cumplido la edad reglamentaria para la jubilación; *l*) llora; *m*) le dice que nadie debería envejecer nunca, que envejecer es aterrador y sólo se puede sobrellevar junto a alguien; *n*) y que ella lo escogió a él para ello; *o*) a pesar de lo cual él se ha ido; *p*) cosa que ella no entiende; *q*) llora; *r*) le dice que quiere una explicación; *s*) que los del congreso en Rio de Janeiro llamaron en varias ocasiones a la casa, que están furiosos; *t*) que ella puede perdonarlo; *u*) que ellos siempre han hablado las cosas; *v*) le dice que hoy ha nevado;

w) llora; *x*) llora; *y*) lo insulta; *z*) le dice que irá a buscarlo, que no piensa dejarlo ir, que lo ama, que irá a buscarlo.

16

A la mañana siguiente visita una sastrería cuyo nombre recuerda de cuando vivía en la ciudad; tal como suponía, la sastrería no ha cambiado mucho en las últimas décadas, y sigue proveyendo a los clientes que tenía por entonces, que han ido escaseando con los años. Paulo no estaba entre ellos, sin embargo, puesto que la sastrería tenía por entonces un prestigio enorme, que proyectaba en unos precios que hacían imposible que un estudiante como él se convirtiese en su cliente, aunque fuera de forma circunstancial. Paulo ha memorizado la fotografía: cuando es atendido por un hombre algo mayor que él, posiblemente el sastre mismo, le dice que quiere un traje igual a los que solían llevarse en el año 1965, e insiste: no en 1964 ni en 1966; en 1965, en la primavera, y que lo necesita para el día siguiente. Paulo nunca sabrá lo que piensa el sastre al escucharlo, aunque no es improbable que piense en cuestiones por completo alejadas del encargo que se le ha hecho, que posiblemente considere rutinario en una época en que son en especial sus clientes jóvenes −más bien escasos, pero él confía que esto cambie con el tiempo, aunque sólo Dios sabe cuánto tiempo le quedan al sastre y a su disciplina− los que piden trajes *vintage* o «de época», como si tuviesen una nostalgia particularmente pronunciada de algo que no vivieron nunca o allí afuera se celebrase una enorme fiesta de disfraces. El sastre se aleja del mostrador y regresa de la trastienda algo después con un catálogo; el número 1965 aparece destacado en su portada. Cuando empieza a hojearlo, Paulo, que tiene dificultades para encontrar y ponerse las gafas, descubre que el sastre tiene la mitad de su cuerpo paralizado, y que la mano izquierda se encoge en un gesto involuntario de crispación, el cual –lo comprobará en un instante– no lo invalida en absoluto: incluso reducido a la mitad de sí mismo, el sastre es extraordinario, el mejor que ha visto nunca.

17

Las sillas son exactamente las que quiere, descubre Paulo en la carpintería cuya dirección le ha dado el sastre. La carpintería está en Campeche, a poca distancia del aeropuerto, y, de no ser por el ruido regular de los aviones descendiendo o ascendiendo en la pista cercana, daría la impresión de encontrarse detenido en algún momento del siglo XIX; en algún momento cercano a su final, cierto, pero, incluso así, pretérito. Allí, tal como el sastre le ha anunciado, Paulo encuentra sillas como las que había en la fiesta, y una mesa similar; ambas –lo recuerda– eran las más baratas que podían encontrarse por entonces, y todas las casas tenían una gran cantidad de ellas: sus padres, por ejemplo, tenían unas diez o doce, que apilaban en un rincón de la sala de estar a la espera de que ese número de invitados atravesase un día la puerta de la casa, cosa que nunca había sucedido, según recordaba. Paulo no comprende qué ha llevado a los dueños de la carpintería a continuar produciéndolas, aunque también puede haber sucedido –Paulo no lo considera, sin embargo– que las sillas sean originales, un encargo nunca completado o sencillamente el rastro de un dueño anterior de la carpintería, que cayó absurdamente del lado de los activos de la tienda cuando se produjo la venta a sus nuevos dueños, aunque es evidente que sillas así, que nadie quiere ya, constituyen un pasivo antes que su contrario excepto que alguien como él llegue algún día, como en este caso, en busca de sillas antiguas y baratas, que le recuerdan una fiesta de medio siglo atrás en la que conoció a una joven a la que no olvidó, y se lleve siete sillas y una mesa y compre también un mantel de hule con lirios azules y rojos que el nuevo dueño de la carpintería dejó en la trastienda después del traspaso del local y que, habiéndolo comprendido todo, o casi todo, cree que interesarán a Paulo, que lo compra inmediatamente porque le recuerda al que cubría la mesa durante la fiesta, aunque no recuerde si el mantel, siendo de hule, tenía imágenes de lirios o de magnolias. Pero un cliente así sólo aparece una vez en la vida, así que las demás sillas se quedarán en la carpintería, alimentando un activo irónico que pasará de mano en mano hasta su cierre.

18

A continuación, Paulo regresa a la tienda de discos en la que estuvo el día anterior y saluda al joven de la argolla en el labio; singularmente, éste no se asombra al verlo regresar, y tampoco el joven de los cabellos estirados hacia arriba parece estar sorprendido, aunque es posible que éste no lo haya reconocido y por esa razón no muestre ninguna sorpresa: el de la argolla sí lo ha hecho, y le pregunta: «Como va tudo, meu velho?». A Paulo su exceso de confianza, por una vez, no le molesta: por el contrario, le hace pensar que algo o alguien lo reconoce en la que alguna vez fue su ciudad, que él mismo tiene dificultades para reconocer. Paulo le responde que está bien, que todo va bien, y le pregunta si quiere ganar algo de dinero. Al joven —Paulo sabrá más tarde que su nombre es Alexandre, pero que sus amigos lo conocen como «cabeça de caminhão», nunca le explicará por qué— la sorpresa le recorre el rostro y por un momento lo paraliza, pero vuelve a sonreír al instante y le grita al otro empleado, por sobre la música, que saldrá un momento.

19

Paulo y el joven toman asiento en una cervecería y piden una botella y dos vasos. Paulo le cuenta su proyecto. El joven se asombra, sonríe, acepta, le dice que sí, que es posible, que no se lo quiere perder.

20

Esa tarde, a la hora que han convenido, y que Alexandre cumple escrupulosamente pese a la que dice que es su costumbre, éste lo recoge en la puerta de su hotel en una camioneta que le han prestado. Al abrir la puerta del acompañante, Paulo ve que con él está el joven del cabello encrespado, el otro empleado de la disquería, que le extiende por primera vez la mano y dice que se llama Fabio pero que sus amigos lo llaman «Mão de ferro». Paulo está a punto de preguntarle acerca de su apodo –aunque sus dudas se extienden, más bien, a todos los apodos que los jóvenes brasileños parecen utilizar estos días, tan gráficos y distintos de los que él conoció en su juventud, como Didí, Djalminha o Jairzinho–, cuando súbitamente comprende: Fabio lleva hasta cinco anillos en cada dedo, en todos los dedos de las dos manos. «Eu disse-lhe de teu projeto, mas ele quer ver com seus próprios olhos, hein?», dice Alexandre. Paulo asiente y va a agregar algo cuando el joven de los anillos termina la conversación. «Está legal», dice y todos se quedan en silencio, excepto Paulo, que tiene que indicarles cómo llegar a la carpintería.

Al llegar al galpón, la excitación de los jóvenes es evidente. Paulo abre el candado y a continuación la cerradura de la puerta de entrada. Alexandre se queda en la camioneta desatando las sillas y la mesa que han atado en la parte trasera con ayuda del carpintero, pero Fabio sigue a Paulo y se cuela tras él en el galpón. «Então, aqui aconteceu tudo», musita como para sí mismo. Paulo asiente. Cuando los dos jóvenes han terminado de descargar las sillas y la mesa, colocándolas allí donde Paulo les ha indicado —es decir, en los sitios en que Paulo recuerda o cree recordar que se encontraban originalmente—, éste extrae de las bolsas en que los ha transportado el día anterior el tocadiscos, los discos, las guirnaldas, los platos y los vasos de cartón y el mantel de hule. «Muito bem», asienten los dos jóvenes. «Estava tudo assim, hein?», pregunta Fabio. Paulo le responde que sí, que cree que sí. Fabio inspira profundamente, como si quisiera inundarse los pulmones del aire de 1965, que nunca antes ha aspirado. «Mas não é tudo, coisas faltam», admite Paulo. Qué cosas, le preguntan los jóvenes. Paulo menciona la comida y la bebida, y su traje. «Coisas comestes então?», le pregunta Alexandre. Paulo vacila por un momento, aunque ha pensado en ello muchas veces ya: «Havia negrinhos, cajuzinhos, branquinhos, pães de queijo e amendoas torradas», dice, y agrega: «Tínhamos também Coca-Colas e duas garrafas de cachaça». «Cerveja?», pregunta Fabio. «Sim, mas preta. Duas garrafas», responde Paulo. Los tres se quedan un momento en silencio, hasta que Alexandre sonríe y sacude las llaves de la camioneta y dice: «Legal, meu velho. Vamos comprar tudo».

Ya es de noche cuando regresan al hotel. Alexandre detiene la camioneta y Fabio le extiende a Paulo la bolsa con las bebidas, que ha llevado todo el tiempo sobre el regazo para evitar que se rompieran. Paulo mete una mano en un bolsillo de la chaqueta y empieza a sacar billetes, pero Fabio lo detiene. «E legal, cara», le dice. Paulo mira a los dos jóvenes con sorpresa. ¿Queréis comer?, les pregunta a continuación, y los dos se miran y asienten.

En el restaurante del hotel las luces son bajas y sólo hay un par de parejas, que se tienden las manos sobre el mantel como si estuviesen imitándose la una a la otra o interpretando un papel establecido de antemano y que correspondiese a las parejas cuando van a cenar a los restaurantes de los hoteles. Cuando se les acerca, el camarero parece resistir con esfuerzo el impulso —por lo demás, natural en este tipo de sitios— de echar a los dos jóvenes. Paulo, que ha estado en cientos de restaurantes así a lo largo de su vida —que, en las últimas décadas, sólo ha conocido restaurantes así, o más bien los originales neoyorquinos de los restaurantes que éste pretende imitar, sin conseguirlo por completo—, se siente en su elemento, y pide a los jóvenes que ordenen lo que quieran. A los dos les cuesta decidirse y preguntan discretamente a Paulo, escondiéndose detrás de los menús que el camarero les ha entregado, qué significa «steak tartar» y cuál es el significado de la palabra «consomé». Paulo se lo explica, lentamente: tiene la impresión de que está dejando una huella en sus vidas, una huella minúscula pero persistente; se pregunta si algún día, dentro de muchos años, los dos, o sólo uno de ellos, intentará reproducir esta cena, en este hotel o en otro, con la esperanza de que el camarero que quiso echarlo del local todavía trabaje allí, que la carta sea aproximadamente la misma, que la decoración del restaurante se mantenga inalterada. Prefiere no contestar a esa pregunta. Los tres comen y beben y hablan principalmente de bandas de rock que Paulo no conoce y que, por insistencia de los dos jóvenes, en particular de Alexandre, apunta en un trozo de papel con el membrete del hotel que le ha pedido al camarero después de ponerse las gafas, y promete buscar más tarde. Beben cerveza —en particular los jóvenes, que la prefieren rubia y en grandes cantidades— y ríen de forma cada vez más estentórea; los rostros de las parejas se vuelven más y más a menudo hacia ellos, con un gesto de reproche, y Paulo ríe cada vez más alto también, a pesar de no comprender los chistes de sus amigos y sólo por acompañarlos. Al final de la noche, los dos jóvenes se toman de la mano, como si imitaran a las parejas que se encontraban en el local —y que ya se han ido, prometiéndose no regresar— y se besan suavemente. Paulo los observa y se siente vivo. Por primera vez en mucho tiempo se siente rabiosamente vivo.

24

Al día siguiente se despierta con un ligero dolor de cabeza. La noche anterior, al regresar a la habitación, llamó dos veces a su casa, pero, por fortuna, su esposa no estaba en ella. No dejó mensaje, o no recuerda haberlo hecho. El día ha amanecido nublado, con unas nubes oscuras y cargadas de agua que se deslizan a baja altura, impidiendo ver la cima erizada de agujas de televisión del Morro y las casas que se extienden en hileras irregulares por sus laderas hasta casi alcanzarla. A Paulo la meteorología le resulta, por lo general, indiferente, excepto hoy; se levanta de la cama, se dirige al baño y se ducha lentamente, con exhaustividad, con cierta alegría: si no recuerda mal, también el día de la fiesta había amanecido nublado. Mientras se ducha, recuerda que cuando era joven los días así eran los preferidos para que los adolescentes llevasen a sus parejas al Morro; la niebla le daba a todo el carácter de un sueño o el de una alucinación, y siempre existía la posibilidad de que comenzase a llover y el joven y su acompañante tuviesen que buscar refugio juntos, quién sabía hasta cuándo. No era una excursión carente de peligros, sin embargo: durante un tiempo, se dijo que había un asesino que merodeaba por el cerro y sorprendía a las parejas; se decía que las asesinaba y las cortaba en trozos y esparcía los trozos por todo el Morro, como advertencia a otras parejas. La noticia, creía recordar Paulo, había llegado a ser mencionada en los periódicos, pero nunca había sido capturado ningún asesino ni se habían hallado restos humanos. Quizás la del asesino no era más que una historia destinada a convertir la ascensión al Morro en una excursión en la que estuviera algo más en juego que la virginidad o la promesa del amor; tal vez era un elemento narrativo concebido por alguien para alimentar el deseo sexual de los hombres y la entrega absoluta de las mujeres, aunque Paulo no recuerda que ese deseo requiriese estímulos añadidos durante su juventud. Quizás, piensa mientras se ducha, la sexualidad de aquellos años era así y prefería caminar del lado de los sueños y de la muerte.

25

La calidad de las aceras de Florianópolis se ha deteriorado considerablemente desde su juventud y el tráfico, que parece desatado, es irritante, pero el café sigue siendo bueno y la gente es agradable, piensa Paulo. Mientras camina, trata de que la imagen de la ciudad se imprima en su memoria y reemplace a las imágenes que tiene de cuando era joven y todavía vivía en ella para que ésta no siga siendo para él un cementerio, un sitio de innumerables tumbas y monumentos que son los del pasado, los del pasado de la ciudad y del suyo propio; pero sabe que se trata de una insensatez y que sus experiencias de estos días son, a pesar de su importancia, que no discute, débiles en comparación con las que tuvo en su juventud, magnificadas además por el tiempo transcurrido. Sabe que, suceda lo que suceda esa noche, se irá de la ciudad al día siguiente, aunque también desea no tener que hacerlo; si hay una bifurcación, piensa, tal vez él abandone la ciudad y se quede, regrese a Nueva York y permanezca en Florianópolis al mismo tiempo, de algún modo. Quizás el sastre intuya la inminencia de esos hechos, de uno u otro o de ambos, porque, cuando regresa para recoger su traje, lo atiende con gravedad, como si creyera que Paulo está recogiendo el traje que llevará en su funeral y que, tras probárselo y asentir, entrarán unos hombres con un ataúd a hombros, Paulo se meterá dentro, sobre la superficie de falso terciopelo rojo, y los hombres lo velarán allí mismo, en la sastrería. Nada de eso sucede, por supuesto; pero, cuando Paulo aprueba el traje y el sastre intenta quitárselo con la mitad del cuerpo que aún controla, Paulo le ruega que no lo haga; y el sastre, que comprende —aunque posiblemente no comprenda absolutamente nada y sólo esté accediendo a un deseo más de otro cliente, qué importancia tiene cuál sea su propósito—, recoge la ropa que Paulo traía, la dobla cuidadosamente, la mete en una bolsa; cuando le cobra, el precio del traje le parece a Paulo tan bajo que piensa que el sastre se equivoca y no le cobra el traje sino las prendas —usadas, de calle— que ha guardado en la bolsa.

26

La brisa del mar se ha levantado y ha barrido rápidamente las nubes cuando los jóvenes pasan a recogerlo en la camioneta. Al verlo, Fabio suelta un silbido y Alexandre asiente; le hacen un lugar en la cabina de la camioneta como las veces anteriores, pero esta vez no hablan mucho. Paulo les pregunta qué ha sucedido con la tienda de discos, y Alexandre le dice que la han cerrado antes, que no pasa nada. Paulo les da las gracias, no sabe si por primera vez, y Fabio lo mira como si no comprendiese de qué le habla. Al llegar al centro, los dos bajan de la camioneta para recoger la comida que han encargado en una panadería que les recomendó Alexandre el día anterior. La dependienta les pregunta si la fiesta de cumpleaños es del hijo o del padre, y Paulo, que entiende que la dependienta lo toma por el padre de Fabio, dice que sí, que es el cumpleaños de su hijo. «Feliz aniversário. Parabéns», dice entonces la dependienta, y Fabio, que se sonroja, insiste en cargar él las cosas hasta la camioneta.

27

Cuando terminan de entrarlo todo en el galpón, los jóvenes insisten en que les indique dónde quiere cada cosa, y durante un rato, Paulo, que se coloca las gafas, los dirige mientras colocan las guirnaldas, extienden el mantel de hule, colocan sobre la mesa los vasos, las bebidas, los platos, las bandejas de comida, el tocadiscos. Después reparten las sillas: cuando Paulo no recuerda algo, Fabio le pide que haga un esfuerzo, insiste en que todo tiene que estar en el sitio en que estaba aquella noche, en 1965. Cuando terminan, les propone que beban algo juntos, pero los jóvenes se niegan. «Agora você está sozinho. Agora tem que se concentrar em tudo a ser como era naquela vez», le dice Fabio. Paulo asiente; se pone de pie y los acompaña a la puerta. Antes de marcharse, Fabio se detiene a mirarlo todo, como si él también quisiera retenerlo en la memoria para recrearlo algún día. Alexandre lo abraza. «Boa sorte, meu velho. Você e legal», le dice. Paulo siente una emoción extraña; cuando se suelta del abrazo, cierra la puerta, sin esperar a que los dos jóvenes se monten en la camioneta, como si le diese pudor ser visto viéndola alejarse.

28

Ahora Paulo está sentado en la oscuridad del galpón escuchando su respiración, que le parece que dibuja volutas en el aire. En la penumbra puede distinguir las sillas, las guirnaldas, los contornos de los alimentos y de las botellas sobre la mesa, tal como cree recordarlos de aquella noche. No sé si era así, musita. Ahora le parece que las sillas tienen un respaldo demasiado alto y que, en su recuerdo, las guirnaldas están más bajas. En el tocadiscos suena el disco de Baden Powell, que es el que recuerda o cree recordar que sonó al comienzo de la fiesta; cuando acabe, pondrá el de Gigliola Cinquetti, aunque, llegado este punto, él prefiere a Bob Dylan. Por un instante piensa que tendría que haber comprado unos maniquíes y vestirlos y colocarlos en las posturas que podrían haber asumido las personas que asistieron a la fiesta, pero, de alguna forma, temió verse en un galpón oscuro, rodeado de maniquíes, en una ciudad que para él ya ha vuelto a ser prácticamente desconocida o demasiado familiar. Paulo se dice que tiene que ir a abrir la puerta, pero se queda quieto un momento más, tratando de recuperar un aliento que se le desboca cuando piensa en la idea de hacerlo. Y entonces tocan a la puerta. Paulo contiene la respiración. Si es que faltan cosas, piensa; faltan las personas y no he abierto las botellas y quizás no hayamos tomado cerveza negra aquella vez sino vino u otra bebida, se dice. Vuelven a golpear y Paulo siente un dolor intenso y paralizante: en el hilo de luz que separa la puerta del suelo del galpón se ven dos zapatos de mujer. La repetición de todas las circunstancias es imposible, piensa, pero la acumulación de la mayor parte de ellas ofrece algo parecido a un nuevo comienzo, a una segunda oportunidad, se dice, aunque esa oportunidad siga la lógica de las imágenes mentales o de los sueños. A continuación, sencillamente, Paulo deja de pensar: se pone de pie y comienza a caminar hacia la entrada.

LA BONDAD DE LOS EXTRAÑOS

No era habitual que el director del departamento estuviese a primera hora de la tarde en su despacho, y ésa era la razón por la que P solía preferir ese momento del día, y no otro, para ir al suyo: el edificio había sido alguna vez un hospital, y el largo pasillo a cuya derecha e izquierda se distribuían las oficinas de los profesores seguía oliendo a desesperación y enfermedad, o al menos eso le parecía a P por entonces; en realidad, posiblemente, sólo oliese a papel y a café con leche, y la desesperación y la enfermedad fuesen su pequeña contribución al aire de silenciosa concentración que dominaba en el departamento, ya que por entonces la desesperación y la enfermedad eran todo lo que P veía a su alrededor y lo único que tenía para ofrecer. / A pesar de ello, se esforzaba por hacerlo bien, y es posible incluso que fuera un empleado valorado, uno al que se le podían encargar ciertas tareas para las que otros, por ejemplo quienes el director del departamento promovía regularmente por razones arbitrarias, no estaban cualificados. Un día éste le ordenó que le hiciese una lista de todos los escritores en español del mundo, con sus direcciones postales y una breve biobibliografía; en otra ocasión, le pidió todo lo que se hubiese escrito sobre el *Lazarillo de Tormes* desde el siglo XVIII, resumido: en el departamento todos sabían que escondía alcohol detrás de los libros de su despacho y que siempre tenía una botella de vino abierta y unos vasos en la oficina de su secretaria; por fortuna olvidaba sus encargos con rapidez, y los proyectos individuales de quienes trabajaban con él avanzaban a mayor o menor velocidad, interrumpidos sólo brevemente por esos encargos o sometidos a otras variables, como la dificultad metodológica y la indolencia proverbial del doctorando. / Ese mediodía, sin embargo, parecía no haber bebido: P atravesaba el pasillo cuando lo vio asomarse a la puerta de su despacho y enfocar sus ojos en él. (Tenía unos ojos ligeramente estrábicos cuyas deficiencias combatía alzando mucho los párpados y arrugando la nariz, como un perro que desconfiase del hueso que se le arroja.) «¿Qué tienes que hacer ahora?», le preguntó. P no tenía que hacer nada, así que le respondió: «Necesito confirmar algunas referencias bibliográficas, unas cosas en unos libros de la biblioteca, como notas a pie de página pero más grandes». El hombre arrugó aún más la nariz, como si pudiese oler la mentira de P o reflexionase; del interior de su despacho surgió la voz de su secretaria, que se les unió. «Nos han llamado del Hotel Stadt Hannover; dicen que el gran poeta chileno está destrozando la habitación y se niega a abandonarla», dijo intempestivamente. «¿Qué poeta?», preguntó P. «El gran poeta chileno de anoche», respondió la secretaria; a pesar de trabajar en el departamento de Románicas, no hablaba español, así que trataba a todos sus empleados como si le parecieran excrecencias de una lengua y una cultura incomprensibles, todos intercambiables en el ejercicio de su jerigonza. «¿Qué ha pasado con tu catarro de ayer?», preguntó a P su jefe. «¿Qué catarro?», se dirigió a él la secretaria. «No fue ayer», balbuceó P, aunque recordó perfectamente que el día anterior había utilizado esa excusa para no asistir a la lectura del gran poeta chileno. Mientras los tres trataban de entender qué tipo de conversación era ésa y cómo ponerle fin, el teléfono volvió a sonar en el interior del despacho; como respondiendo a un reflejo involuntario, la secretaria se dirigió a él: bastaron un par de palabras suyas para que P y su jefe comprendiesen que estaba hablando con los del hotel en el que se alojaba el poeta. La enseñanza en la universidad genera con frecuencia la impresión de que ésta consiste en una situación en la cual personas que saben algo lo «enseñan» a quienes no saben nada; con el tiempo, esa impresión se extiende, en la mente de los profesores, a todos los ámbitos, y esa es la razón de su arrogancia y lo que explica, al menos parcialmente, por qué esa enseñanza, por lo general, fracasa. «No estoy seguro de que yo pueda…», comenzó a decir P, pero se interrumpió cuando le pareció evidente que su jefe —convencido él también de que él sabía, y P no— había dejado de escucharlo.

P no tenía nada contra aquel gran poeta chileno en particular, sino, más bien, contra la poesía chilena, o contra la idea de una poesía chilena, en general; como todas las personas que no han leído lo suficiente, P creía haber leído ya bastante, y consideraba que podía abstenerse de penetrar más en un mundo que él, por alguna razón, imaginaba acuático y lento, un mundo submarino habitado por grandes peces llamados «Neftalí», «Lucila», «Floridor»; todos lidiando con su indiferencia ante la verdadera naturaleza del mundo, del mundo que se extendía sobre la superficie, pero, sobre todo, escarnecidos por la redundancia de ser chileno y ser poeta, que P, prejuiciosamente, creía que los invalidaba. Mientras esquivaba coches y camiones de basura en dirección al hotel, P pensaba en la rivalidad entre los argentinos y los chilenos y en cómo ésta se había inclinado recientemente a favor de estos últimos; pero sobre todo trataba de recordar lo que sabía acerca del gran poeta chileno que se había atrincherado en su habitación de hotel, dos o tres títulos y una fecha de nacimiento que había leído en un cartel en el pasillo del departamento unos días antes mientras se preguntaba si iría a verlo o no. Al final no había ido: P era joven y aún no sabía que la poesía chilena no se limitaba a la exégesis de tres cetáceos memorables; que en Chile había, por lo demás, también, magníficos narradores, liberados de la responsabilidad, ineludible para los narradores argentinos, de establecerse una genealogía, esquivar los monumentos fúnebres de los grandes narradores de su historia literaria o fingir que estos no se encuentran allí y romperse la cara una y otra vez tratando de pasar sobre ellos; tampoco sabía que acabaría casándose con una mujer chilena y que las cosas se arreglarían de un modo u otro, mucho después de haberse marchado de Alemania; pero, sobre todo, y más importante, dadas las circunstancias, no sabía nada del gran poeta chileno a cuya habitación de hotel se dirigía para algo que ni él mismo sabía en qué consistiría, quizás convencer al hombre de que se marchara, que recogiera sus cosas y se dirigiese a la siguiente etapa de su gira por Alemania o, sencillamente, que fuese a cantar sus canciones de cobre y fuego a otro sitio, en lo posible lejos de las referencias bibliográficas que, P acababa de recordarlo, sí tenía que constatar ese día, y que ya no constataría, y, en general, lejos de su desesperación y su enfermedad y de la indolencia proverbial del doctorando.

En la recepción había una joven que conocía de vista; se había fijado en ella un sábado por la mañana, mientras ambos compraban verduras en los puestos de agricultores de la zona que se instalaban en la plaza del mercado dos veces por semana; en aquella ocasión se había fijado en ella porque, aunque debía de haber dejado su bicicleta a la entrada del mercado, todavía tenía las bocamangas del pantalón sujetas con pinzas de la ropa, una rosa y la otra verde, y éstas, que parecían las pequeñas alas en los talones de Mercurio, le daban el aspecto de una versión femenina del benefactor del comercio en los tiempos antiguos. Ella, por su parte, no pareció reconocer a P, y se dirigió a él con formalidad; P notó cierto alivio en su voz cuando éste le dijo que venía del departamento de Románicas a poner fin al incidente con el gran poeta chileno. «Acompáñeme», le ordenó entonces la joven recogiendo una tarjeta de banda magnética y dirigiéndose al ascensor; dentro, P pudo ver que tenía unas ojeras profundas. «¿Está aquí desde anoche?», le preguntó. «No, ¿por qué?», la joven lo miró desafiante. P no respondió: los dos recorrieron en silencio un largo pasillo alfombrado hasta que la mujer se detuvo ante una de las habitaciones. «No habla alemán y no ha querido respondernos cuando nos hemos dirigido a él en inglés —dijo—. Se niega a abandonar la habitación y le ha arrojado un objeto a una de nuestras limpiadoras. Lo hago directamente responsable de esta situación», agregó mirándolo por primera vez a los ojos: su indignación ante el comportamiento del poeta chileno había vuelto a tender un arco a través de las montañas altas y casi siempre nevadas que separan, se sabe, Argentina de Chile; era un nuevo cruce de los Andes que esta vez no estaba presidido por la urgencia militar o, según otros, por la solidaridad latinoamericana —solidaridad que, por cierto, y esto es evidente, nunca existió ni existirá jamás—, sino por un desprecio que sabía poco de fronteras nacionales y que P sólo percibió de forma confusa. Una figura monstruosa pasó por el extremo más alejado del pasillo: cuando se giró a mirarla, P vio que era una de las limpiadoras del hotel, que arrastraba su carro con utensilios bastante lentamente como para escuchar al menos algo de la conversación entre la recepcionista y él; cuando fue a responder, la recepcionista había accionado ya la puerta de la habitación con su tarjeta, y lo dejó solo.

La habitación estaba a oscuras y a P le tomó un momento comenzar a reconocer las formas de los objetos que había en ella: llamarla «habitación» era, de hecho, un eufemismo, de la misma manera que la pacificación de Irak sería más tarde un eufemismo para la catastrófica situación que dejarían atrás las tropas de ocupación al marcharse: alguien había literalmente arrancado de la cama las sábanas y las había distribuido por la habitación; en el suelo había botellas de vodka y de aguardiente y bolsas vacías de galletas Oreo y patatas fritas, la calefacción estaba funcionando a su máxima potencia y el televisor yacía en el suelo, con la pantalla apuntando al centro de la Tierra; sin embargo, el gran poeta chileno no estaba por ninguna parte. P se preguntó por un momento si no se encontraba en la habitación equivocada; en el baño había un grifo abierto, y sólo cuando lo cerró pudo escuchar una respiración que provenía de detrás de la cama. La rodeó lentamente y vio a un hombre dormido: tenía la espalda apoyada contra una pared y el rostro le caía sobre el pecho; sólo llevaba puesta una de las chanclas de cortesía del hotel; roncaba. / P se sentó en lo que quedaba de la cama y se puso a mirar por la ventana de la habitación: al otro lado de la calle, unos niños salían de la escuela arrastrando sus mochilas, se gritaban cosas y gritaban cosas a sus madres y se desafiaban a carreras que se extendían hasta donde sus madres les ordenaban que se detuvieran. P, por supuesto, nunca había jugado esas carreras, ni había salido de una escuela con esa despreocupación, convencido de que la mirada de sus padres podía alejar unos peligros que, por otra parte, allí y entonces estaban claros incluso para un niño como él, y que sólo después adquirirían un aire impreciso y, por ello, más amenazador. ¿Quién dijo que él era el único allí que tenía la nariz rota? P conocía a otros como él, a otras personas que estaban paralizadas por algo que les había sucedido y que no comprendían, pero necesitaban decir, como aquel hombre que se había sentado a su lado en un avión en un vuelo reciente a los Estados Unidos y se había pasado parte del vuelo rellenando el formulario de migraciones con una letra minúscula, con una letra de chiflado que no respetaba renglones ni márgenes y que posiblemente nadie fuera a poder, o a querer, descifrar nunca.

Volvió la vista en dirección al gran poeta chileno, que seguía durmiendo; como estaba desnudo, P estuvo un rato pensando de qué parte de su anatomía podía tomarlo de tal forma que ese contacto no le pareciera inapropiado a él o al otro, y al fin optó por un hombro: lo sacudió mientras decía su nombre, pero el gran poeta chileno no despertó. A su lado, sobre la mesilla de noche, había un libro, uno de los libros del gran poeta chileno, que yacía abierto boca abajo; mientras pensaba qué hacer, P lo tomó para leer uno de los poemas, pero el gran poeta chileno despertó con un ronquido más grave y profundo que los anteriores y P se apresuró a poner el libro en su sitio. «¿Está bien?», le preguntó. «¿Quién *soi*?», preguntó a su vez el gran poeta chileno; como P no estaba familiarizado con la lengua bárbara en la que se expresaba, le respondió con su nombre. «Ése soy yo, *culiao*; quién *eri* tú te pregunto», insistió el otro. P le dijo su nombre, pero éste, como P esperaba, no provocó ninguna reacción en el otro. «Verá —comenzó—, tiene que abandonar la habitación, están esperándolo en la siguiente ciudad, usted tiene una lectura allí hoy por la noche.» Se detuvo cuando notó que el gran poeta chileno parecía profundamente absorto en la contemplación de su torso; al fin habló: «¿*Vo'* me *podí decí* qué día es hoy?», le preguntó. P le dijo la fecha. «No, *po*, el día de la semana», insistió el otro, pero cuando P le respondió, el dato no pareció tener ninguna relevancia para él. «¿*Tení copete*?», le preguntó a continuación; P se encogió de hombros sin haberlo entendido. «Ya, *po, pa'* qué *viní* entonces», le reprochó el gran poeta chileno. «¿Puede ponerse de pie?», le preguntó P, aunque de inmediato comprendió que su pregunta no tenía ningún sentido; lo tomó por una de las axilas y empezó a tirar de él, pero el gran poeta chileno era más pesado de lo que P pensaba y resbaló hasta el suelo nuevamente. «¿*Sabí* la cueca? –le preguntó, y a continuación comenzó a cantar desde el suelo–. "[…] Méndez / que nació en mi pueblo, / canto con […] la cueca chapaca / viva san Lorenzo». Levantaba los brazos como si agitara un pañuelo o tocara unas castañuelas, y P aprovechó la oportunidad para tirar nuevamente de él hacia arriba; cuando estuvo de pie, P comprobó que el gran poeta chileno era alto, y vio también que tenía unos ojos azules y profundos, como los lagos de su país. Al mirarlo, el gran poeta chileno llamó a P por el nombre de su jefe en el departamento; P le explicó que él era su ayudante, y la explicación pareció satisfacer al otro: cuando vio que conservaba el equilibrio, lo empujó al baño, donde intentó mantenerlo de pie mientras con otra mano abría el grifo de la ducha. Ahora el gran poeta chileno discutía consigo mismo: «… me *pagái, conchetumadre*, te *crí* que me *podí* tomar *pa'* las *huevas*, que la literatura es *pa'* el *hueveo*, y no, *po, é* la sagrada misión del hombre…». Al entrar en la bañera, empujado por P, gritó: «¡Puta!», y a continuación se encogió sobre la losa, hecho un ovillo.

Al terminar de bañarlo, el gran poeta chileno vomitó sobre sí mismo, volviendo a ensuciarse; P, que ya estaba empapado, salió del baño y comenzó a recoger sus cosas. / Sobre todos estos hechos planeaba la certeza de que en ellos había algún tipo de enseñanza que él no había pedido ni quería; aún no había conocido a la suficiente cantidad de escritores ni sabía que en el futuro viviría situaciones similares con otros; tampoco sabía que, cuando eso sucediera, y echase la vista atrás, P se sentiría privilegiado por el hecho de que, de la primera situación incómoda y ridícula de su vida de escritor o con escritores, al menos no había sido él el protagonista. (Aunque lo sería de las siguientes, era inevitable.) / Cuando salió de la ducha, el gran poeta chileno parecía estar mejor; miró a P sin dejar de secarse y le preguntó si era chileno; P le respondió que no, que era argentino, y el gran poeta chileno asintió: «Mejor –dijo–, aunque las *minas* más *ricas* son las chilenas; las argentinas son *harto* complicadas». P no supo qué responderle: de hecho, suponía que tenía razón, pero no se atrevió a decírselo. El teléfono de la habitación ronroneó suavemente y el gran poeta chileno le dirigió una mirada que a P le pareció una orden; al otro lado de la línea, la chica de las pinzas de la ropa en los pantalones, la pequeña diosa del comercio de la ciudad principalmente comercial del norte de Alemania en la que P vivía por entonces, le dijo que los policías estaban ya en la recepción y que iba a darles la orden de que ingresaran si P y el gran poeta chileno no abandonaban el cuarto de inmediato. P procuró tranquilizarla, pero no creyó haberlo conseguido: cuando colgó, el gran poeta chileno lo interrogaba con la mirada. «Tenemos que irnos», le dijo. El gran poeta chileno se detuvo un instante con un pie en alto, balanceándose sobre una silla para ponerse un calcetín, y le preguntó, mirando por primera vez a su alrededor, qué había sucedido esa noche. P se encogió de hombros. «Qué *fomes*, ya», fue lo siguiente que dijo el gran poeta chileno, cuando P y él salían del ascensor y tropezaron con los dos policías que los esperaban; parecían aburridos, pero se tensaron rápidamente cuando los vieron, antes incluso de que las puertas del ascensor se hubiesen abierto del todo. A sus espaldas estaba la recepcionista, que miró a P y al gran poeta chileno con desprecio y a continuación exigió al primero que firmase un papel por el que se responsabilizaba personalmente de pagar las reparaciones que hubiese que llevar a cabo en la habitación; P, que sabía que las pagaría el departamento, firmó rápidamente. El gran poeta chileno ya había salido, desentendiéndose de la situación, y en ese momento fumaba en la acera mirando sin curiosidad el tráfico; cuando P se dirigió a él para decirle que, aunque ya había perdido su tren, todavía podía conseguir un asiento en el próximo y llegar a tiempo para su lectura, vio que al gran poeta chileno el asunto no lo preocupaba: parecía confiar en la bondad de los extraños, en su comprensión y en todas las otras cosas en las que P nunca había confiado ni creído. Unos años después iba a volver a ver su rostro, en esa ocasión en las páginas de un periódico: el gran poeta chileno acababa de morir en el sur de su país a una edad relativamente avanzada, aunque posiblemente normal para los poetas transandinos, que por lo común son longevos; al parecer, una multitud había lamentado su muerte, y sus cenizas, de acuerdo con su última voluntad, iban a ser arrojadas a un volcán, junto con sus libros. / Antes de eso, sin embargo, P iba a encontrarse alejándose lentamente con él de la entrada del hotel, desde donde los policías los observaban deseosos de que se llevasen el escándalo y los destrozos a cualquier ciudad vecina. / La estación estaba cerca, pero a los dos hombres les tomó un rato llegar hasta ella: el gran poeta chileno se movía con lentitud y gravedad y P tenía dificultades para hacer avanzar su maleta por el camino de gravilla que los separaba de la estación; ambos caminaban en silencio. Quizás está avergonzado, aunque lo más probable es que esté intentando recordar los eventos de anoche, pensó P; sin embargo, cuando estaban a punto de entrar a la estación, y el gran poeta chileno se detuvo a observar a su alrededor, lo que le dijo, mirando el cielo y los árboles, el aire transparente de comienzos del invierno y los pocos pájaros que no se habían marchado ya a pasar la estación fría a algún sitio de clima más benigno, fue, y esto P no iba a olvidarlo: «No soy un experto en mañanas, pero te puedo decir que esta es una de las más hermosas que he visto en mi vida». / Después lo vio alejarse entre la gente y tuvo que correr detrás de él porque no le había dicho aún cuál era su tren y porque el gran poeta chileno se marchaba sin su maleta.

UN DIVORCIO DE 1974

> Era un instante en la historia, el instante precioso en que todos los de su edad son llamados, pero sólo unos cuantos resultan escogidos.
>
> GRACE PALEY,
> «El instante precioso»

Toma un trozo de cartón y cala en él dos frases; luego roba la linterna más poderosa que encuentra en su casa y horas más tarde, en el cine, durante la exhibición de un filme cualquiera, sus amigos y él proyectan ambas frases a un costado de la pantalla. Es el año 1969, él tiene dieciséis años y las frases son «Viva Perón» y «Perón vuelve». Un murmullo se eleva rápidamente entre las butacas, y a continuación se produce una salva de aplausos y de gritos; sus amigos y él abandonan el cine escapando agachados entre las sillas para que no los vea el revisor, que los busca entre los espectadores pero no da con ellos. Repiten la acción en dos cines más, en los días siguientes.

En 1970 ella se entera del secuestro de un general y se asombra de la valentía y la inteligencia de los secuestradores, que acaban matándolo. A diferencia de él, ella viene de un hogar peronista, y durante el resto de su vida, y pese a todas las contradicciones posteriores, va a llamar a ese asesinato un «ajusticiamiento»: la diferencia entre ambos términos puede parecer sutil, es cierto, pero nunca lo será para ella. Va a comenzar a estudiar medicina el mes siguiente, baila con sus amigas en los carnavales de un club de su barrio y bebe gaseosas y comienza a despedirse de la adolescencia; su madre le alisa el pelo con la plancha de la ropa en los únicos momentos de intimidad que comparten desde que ella se convirtió en una mujer.

Algo después, él aprende a preparar unas pequeñas bombas incendiarias; las fabrica con unas ampollas plásticas de bencina que se utilizan para rellenar los encendedores y unas pastillas de clorato de potasio y ácido sulfúrico: al rato de haberlas abandonado en una estación de trenes o en el interior de un autobús, el ácido corroe la pared de la ampolla y se produce una llamarada; puestas en un sitio inflamable −como en una ocasión en que colocaron una bajo pilas de ropa en unos grandes almacenes−, esas bombas pueden llegar a provocar un daño importante, pero él pasa pronto a juegos más serios. En 1971 ya ha aprendido a apagar las farolas a pedradas, a prender fuego a los contenedores de basura y a confeccionar bombas fétidas, pero su ingreso a la organización se produce cuando inventa un método para perfeccionar las mechas de las bombas caseras mojándolas en cola de pegar y después rebozándolas en pólvora.

En 1971, también, ella deja de pedirle a su madre que le planche el cabello, participa en las protestas universitarias, duerme dos noches en las aulas en las que durante el día recibe clases de anatomía y de histología, pierde la virginidad con un compañero de estudios, que le habla de la organización después, mientras sus amigas fingen dormir a su alrededor, sobre los colchones que rodean el suyo, en el salón de clases, y comparten con ella el nerviosismo y la emoción intensa del momento. Más tarde va a querer contarles lo que ha sucedido esa noche, pero ellas ya lo sabrán todo y la escucharán con indiferencia.

En 1972 él comienza a usar camperas y chaquetas de color verde oliva; ella sigue usando su ropa habitual: coinciden por primera vez, en un acto espontáneo en el que están a unos ocho o nueve metros uno del otro. A la salida del acto, él cruza dos coches y les prende fuego para obstaculizar el paso de los policías, que les arrojan gases lacrimógenos.

Él aprende a puentear teléfonos y a desplazar carga eléctrica de un teléfono a otro para provocar cortocircuitos; con este método deja toda la alcaidía de la ciudad de *osario sin teléfono durante veinticuatro horas como paso previo a una liberación de detenidos que no llega a producirse. Ella participa regularmente en el sistema piramidal de comunicación del que su organización se vale para trasmitir consignas y promover acciones: cinco personas llaman a cinco personas cada una, cada una de las cuales llama a su vez a cinco personas, etcétera; en una hora, mil personas informadas por ese método pueden sumarse a una huelga, contribuir a la toma de una universidad o participar de una manifestación. Un día, frente al consulado estadounidense en la ciudad, durante una protesta por la guerra de Vietnam, alguien le entrega una bomba incendiaria y ella la mira un instante en su mano; a continuación, la arroja contra la fachada del edificio frente a ella y siente que ha dado un paso importante, que ha ingresado a un territorio del que ya no se regresa.

Vuelven a coincidir en un acto de su organización, a varios metros uno del otro. Unos días atrás, en una manifestación, él le robó la pistola reglamentaria a un policía y no pudo evitar presumir de lo que había hecho. A veces le cuesta dormir, sumergido como está en un vértigo de posibilidades, de acciones a realizar para las que su organización tiene los medios y la capacidad militar. Perfecciona una de las bombas caseras que su grupo emplea más a menudo limando un extremo de la tubería antes de meter la pólvora para poder dirigir el sentido de la conflagración; recibe la felicitación de su responsable y el encargo de integrarse por completo a la estructura militar, a la que él siempre ha deseado pertenecer.

En 1972 ella está por completo segura de que es imposible que haya paz entre oprimidos y opresores. Él cree que hay que hacer la revolución; es decir, que la violencia es necesaria para acabar con la violencia. Ambos se aficionan a los malabares retóricos propios de su época, pero ella sigue aferrándose a los términos que aprendió en su hogar y provienen de una época anterior —«gorila», por ejemplo— y él no suele hablar mucho y casi nunca participa de las discusiones.

En 1973 los dos viajan a recibir a Juan Domingo Perón en Ezeiza; ella ve caer a uno de sus compañeros a su lado, y no puede hacer nada: no sabe de dónde provienen los disparos ni quién los realiza; él sí sabe, pero está demasiado lejos del enfrentamiento y no participa de él. Ambos regresan a *osario: él, esa misma noche; ella, por la mañana. Ella llora durante todo el trayecto de regreso, como todos los demás, en el abismo entre todo lo que podría haber sido y lo que ya no va a ser. Las ventanillas del tren están rotas, un aire helado se cuela por ellas y por todas las otras rendijas.

El 25 de mayo de 1973 ella participa de la celebración en las calles; entre las banderas y la gente arremolinada en la avenida principal de la ciudad, ve cómo un puñado de jóvenes utiliza una escalera que no puede imaginar de dónde han sacado para reemplazar los rótulos con el nombre de la calle por otros, muy similares a los anteriores, en los que, sin embargo, dice «Eva Perón». Piensa en los golpes, los fusilamientos, los compañeros muertos, y piensa en su padre; naturalmente, se emociona. Él también celebra ese día, pero se retira relativamente temprano porque al día siguiente debe participar en una acción, en las afueras de la ciudad.

Ella comienza a trabajar en los barrios; él sigue en el aparato militar y además ingresa en el principal frigorífico de la ciudad: durante ocho horas al día, despieza trozos de animales. A veces se pregunta si esto tiene algún sentido, pero el sentido que no encuentra en su trabajo en la fábrica le es restituido, o él cree que le es restituido, durante el resto del día, cuando asiste a reuniones, es solicitado para participar de una u otra acción, revisa el armamento, instruye en él a los nuevos activistas, vigila casas o sencillamente se echa en una cama, cualquiera de ellas, de una casa operativa cualquiera. A ella, la pregunta por el sentido no la asalta, excepto una vez, durante una manifestación: la policía reprime, hay gases lacrimógenos, balas de goma, todo arrojado por los policías como con desgana, sin el ensañamiento que conocerán en los meses posteriores. Ella escapa, en un momento se pierde, se encuentra ante dos policías —por fortuna todavía de espaldas—, va a darse la vuelta y correr en otra dirección, pero entonces una mano la toma de un brazo y la arrastra dentro de una casa. «Acá somos todos peronistas; quédese con nosotros», le dice una mujer mayor; permanece en la casa hasta que la policía deja de patrullar las calles y la pregunta por el sentido de la acción se le aparece por primera vez. ¿Qué sentido tiene, se pregunta, que su organización pretenda explicar a las personas cómo ser peronistas cuando éstas ya lo saben y lo son sin las contradicciones y los dobleces que su organización tiene?

En 1974, cada vez que salen de su casa, los dos comienzan a escribirse en la mano derecha el número del teléfono de coordinación y en la izquierda el de un abogado: ella todavía vive con sus padres; él, con dos compañeros del frente obrero en una casa que alquila su organización. Al finalizar uno de los actos de los que participan, ella oficia de control: se mantiene al margen de la actividad, en una esquina, y los compañeros que se le acercan le dicen un nombre o un apodo y ella tira los papeles que lleva en los bolsillos, con sus apodos de un lado y sus nombres y domicilios reales, que no lee, del otro; allí vuelven a encontrarse, él le dice un nombre que ella y él saben que no es el de él y ella asiente y busca en sus bolsillos el papel que le corresponde: cuando lo ha encontrado, lo rompe y ve cómo él se aleja con otros dos.

Durante sus prácticas en un hospital, ella roba los elementos que necesita para confeccionar algo parecido a una posta sanitaria y actúa como tal en dos o tres ocasiones; nunca se entera que él ha sido el responsable de hacer el relevamiento previo de los sitios donde se han celebrado las manifestaciones en las que ella actúa, y que es él quien ha indicado dónde se debía colocar ella en su condición de médica.

Ella reparte en las villas de emergencia o barrios pobres de la ciudad una publicación llamada *Evita Montonera*; conversa con los habitantes de esos sitios, siempre entre el abandono y la intemperie. Algunas veces se descubre más interesada en los diálogos que sostiene con ellos que en la revista, que, le parece, se distancia cada vez más de una experiencia cotidiana que pretende poder orientar, como si fuese la emanación de una estrella distante cuyo brillo fuera declinando. Esto, que la alarma, no la aparta de lo esencial de su compromiso, sin embargo; y tampoco la alejan de él las dificultades cada vez mayores, el asesinato de sus compañeros, los múltiples sinsentidos que se agolpan en la acción de una organización que se propuso restituir la democracia y en ese momento ataca a un gobierno democrático, una organización que se dice peronista y se enfrenta a un gobierno peronista, una organización que se dice esencialmente política y entorpece o directamente impide su acción política.

Él, en cambio, piensa que el conocimiento sobre el sentido de la acción surge de la acción misma, como si la mano que va a matar sólo supiera que lo hace en el momento mismo en que oprime el gatillo y no hay tiempo para pensar, para decir o para detenerse, y no hace falta.

Ambos están en la Plaza de Mayo cuando su líder los llama «imberbes y estúpidos» y los integrantes de su organización se marchan masivamente, poniendo en evidencia su divorcio. Él se marcha de forma voluntaria, convencido de que lo que se ha roto estaba roto ya y no podía ser reconstruido; ella no desea irse, pero se ve obligada a obedecer a su superior: discuten a los gritos durante todo el viaje de regreso.

Ella viaja a Buenos Aires con su padre cuando Perón, finalmente, muere; él no lo hace. A su regreso, tiene que realizar una autocrítica por haber asistido al funeral sin el permiso de su responsable en la organización; pero ella no se lo cuenta a su padre por vergüenza.

No lo aceptan, no lo entienden, pero su organización pasa a la clandestinidad, pese a lo cual exige a sus integrantes que continúen haciendo política. Él acepta las órdenes y sigue trabajando en el frigorífico hasta que un día, al salir de él, un automóvil sin patente o matrícula se cruza rápidamente en la acera por la que camina, impidiéndole el paso, y de su interior comienzan a salir unos hombres armados: salta un muro coronado por vidrios que le cortan las manos y cae en el patio de una casa, salta a otra casa y no deja de correr hasta que llega a la margen de un riachuelo: pasa la noche allí, escondido debajo de una embarcación dada vuelta sobre la orilla, sin poder dormir y sin poder hacer nada por sus manos; está seguro de que los habitantes de esa margen del riachuelo lo han visto y saben que está allí, y comprende que en otras épocas lo hubiesen ayudado, pero que ya no puede esperar ayuda alguna: ahora, las personas que él cree que su organización debe salvar, y que piensa que deberían unirse a ella para salvarse, lo miran expectantes, y él, a su vez, las mira expectante también y a la distancia, desde una distancia que ya no puede volver a ser recorrida, ni en una dirección ni en otra.

A pesar de lo cual, persiste. Participa de dos acciones armadas, una de las cuales sale mal; está semanas encerrado en una casa operativa a la espera de realizar otra que finalmente es abortada. Un día sale a la calle y se dice que no la conoce, que las vidas de las personas que caminan por ella le son absolutamente desconocidas ya, pese a lo cual, entiende, él debe comprenderlas, debe pelear por unas personas que no comprende ni conoce desde hace tiempo y de las que se ha visto apartado por la naturaleza de su organización y de la lucha que ésta lleva a cabo.

Una noche ella tiene que montar guardia en uno de los locales de su organización; le indican una ventana cubierta de tejido metálico bajo la cual debe instalarse y le dan una pistola que no desea usar, munición, dos granadas. Las granadas las ha supervisado él recientemente, y pasan de su mano a la de ella a través de intermediarios estableciendo un vínculo entre ellos del que ninguno de los dos será consciente nunca. Esa noche no atacan el local, pero ella cree descubrir algo que desconocía, las profundas raíces de un miedo que penetra en ella y se agarra a sus pulmones como una planta que ya no va a poder ser arrancada de la tierra.

En 1975 ella guarda en su casa, en una caja de zapatos, una granada y una pistola. Su madre la descubre, hay una pelea, ella se va de la casa de sus padres y comienza a vivir en pisos operativos de su organización, desplazándose al ritmo de las caídas, ocupando un espacio cada vez más pequeño y más aislado. Una noche es conducida a una casa en la ciudad donde su organización tiene a un empresario secuestrado a la espera de que se pague por él un rescate: el empresario sufre cólicos, vomita; ella lo ausculta y dice que no puede hacer nada, pero el responsable del secuestro la encañona con una pistola y le dice que, si el empresario muere, ella muere también. No hay discusión posible. El empresario sobrevive, y ella también sobrevive, y se dice que tiene que terminar con todo ello, pero no sabe a dónde dirigirse, y no se marcha: vuelve a la casa de la organización en la que vive, a las consignas y a las discusiones doctrinarias.

A finales de 1975, necesitado de identidades falsas para proveer al local de creación de documentos falsos que su organización ha creado, él publica un anuncio en la prensa en el que ofrece un puesto muy bien remunerado en una empresa inexistente, y solicita a los interesados en el puesto lo usual: un currículum completo, fotografías de pasaporte, fotocopia del documento de identidad y otras informaciones; con todo ello, consigue que las identidades falsas sean coherentes, aunque no necesariamente útiles. A fines de ese año, también, ella recibe una de esas identidades falsas, que consigna un nombre y una dirección que no son los suyos pero lo serán por un breve tiempo.

A poco del golpe de Estado, a ella se le comisiona la creación de quirófanos clandestinos: consigue montar uno, pero, para cuando lo hace, la instalación debe ser abandonada por razones de seguridad. Ahora la dirección exige que sus integrantes vuelvan a la actividad política, precisamente en el momento en que esa actividad política ya no es posible a raíz de un estado de cosas que su organización ha contribuido decisivamente a provocar. A ella todo eso le parece absurdo, y ya ni siquiera espera la «guerra popular integral» que sus jefes han creído poder encender y conducir y que sólo existe en los papeles de la organización y posiblemente en sus rezos; a él le parece que las cosas están más claras, y que esa claridad va a inclinarlo todo a su favor, pero la suya también es una inercia de crímenes y acciones sin importancia, pequeños sabotajes y ajusticiamientos que devuelven cada golpe recibido por su organización con el equivalente a un gesto de impotencia.

No lo hace, por supuesto: nada inclina ni una sola cosa a su favor. Una casa en la que ella duerme es asaltada un día por el Ejército: ella escapa por los techos de las viviendas vecinas y pasa la noche debajo de un puente, en un basurero, en posición fetal; al día siguiente descubre que ha apretado tanto los dientes en las últimas semanas que tiene varios de ellos rotos. Por la mañana se dirige a un hospital porque cree tener una costilla fisurada, pero en el hospital se niegan a atenderla de inmediato y ella espera algunas horas hasta que se le acerca un joven; han estudiado juntos en alguna ocasión y está en prácticas como ella. El joven le pide en un susurro que se vaya, que una enfermera la ha reconocido y ha llamado a la policía, que están en camino. Ella huye: no ha recorrido más que un par de calles cuando ve pasar los coches. La cura otra compañera de estudios, en su casa, pero le pide por favor que no vuelva por allí nunca más.

Él se entera de la caída de esa casa al día siguiente: vivió allí antes de que ella llegara, unas semanas antes. En un gesto que no pudo explicarse ni siquiera a sí mismo, tiempo después, dejó en ella una fotografía de sus padres que metió dentro de un libro y enterró en una bolsa de plástico en el jardín como si supiese que iba a volver o quizás convencido de que ya no regresaría nunca.

Muy pronto la inercia se convierte en algo parecido a la indiferencia, y participa en algunas acciones que no tienen sentido ni siquiera para él. Una noche ametralla la puerta de una comisaría desde un coche en movimiento y un par de días después lee en la prensa que ha matado a un joven policía que estaba haciendo la guardia en ese instante; no le cuesta nada reconocerlo, pese a que no lo ha vuelto a ver desde los tiempos en que sus amigos y ellos dos interrumpían las funciones de los cines y hacían pequeños sabotajes; acababa de tener un hijo, descubre.

En mayo de ese año él todavía cree que el convencimiento y lo que pomposamente denomina la integridad ideológica pueden hacer que un individuo se sobreponga a la tortura, pero no sabe cómo reaccionará él si algún día debe enfrentarse a ella; ese mismo mes, es secuestrado su responsable en el área militar de la organización, y, uno tras otro, caen los arsenales y los pisos operativos que conocía. Uno de los jefes de logística también cae, y ella se queda sin contactos en la organización; un día se dirige hacia la casa en la que duerme esa noche, pero se detiene en la esquina: hay seis camiones del Ejército estacionados frente a ella y unos soldados que impiden el tránsito. No quiere mirar, no quiere saberlo, pasa de largo y sólo después le flaquean las rodillas.

Esa noche la voz de su madre tiembla en el teléfono; le dice que el día anterior vinieron a buscarla sus amigos y que le dijeron que iban a volver a pasar un día que ella estuviera, que mejor se quedara estudiando. Ella sabe quiénes son esos amigos y qué estudios son esos, y cuelga. No tiene casa, no tiene dinero y no puede regresar donde su familia. Se monta en los autobuses sin prestar atención a su recorrido y sólo baja de ellos cuando cree que ha despertado las sospechas del conductor o el trayecto termina.

Él va a las tintorerías y pide que le regalen la ropa que nadie ha venido a recoger; así, consigue no llamar la atención durante algún tiempo. No sabe cómo hacerlo, pero intenta regresar a la organización, o a lo que queda de ella: sin embargo, al menos en su caso, la compartimentación ha funcionado, y todos los que conoce han sido asesinados o han escapado. Piensa una última acción, pero no llega a llevarla a cabo: una noche está fingiendo que regresa a su casa cuando se siente observado, y ve que un hombre lo señala desde el interior de un automóvil; él, por supuesto, lo conoce: es un antiguo compañero en el área militar de su organización, y ha sido comprado o destruido por sus captores para que colabore con ellos en la identificación de los activistas que aún están libres. Cuando el otro lo señala, él se dice que a él no va a pasarle lo mismo, y, antes de que suceda nada, antes de que las personas que están con el delator en el coche, se echen sobre él, saca su revólver y comienza a disparar contra el vehículo hasta que, por fin, sus ocupantes le devuelven el fuego.

A ella la detienen ese mismo mes, en un retén del ejército que demora el autobús con el que se dirige hacia un pueblo donde cree que puede pasar desapercibida durante algún tiempo. La detención es, en algún sentido, tan estúpida y casual que al principio los militares no saben qué hacer con ella. Finalmente la conducen a un campo de concentración clandestino y la torturan. La tortura es como se imaginó, un dolor que va más allá de lo físico, que es también mental y moral, y que no está destinado a obtener información de ella, sino a constatar la información que sus captores ya poseen; las primeras dos noches, no habla: a la tercera, da nombres de personas que sabe que han muerto y las direcciones de casas que ya han sido allanadas; esa noche, también, la conducen a un descampado y la fusilan junto con otros dos hombres. Para entonces ya está tan destrozada por la tortura que no puede tenerse en pie y le disparan en la cabeza mientras yace en el suelo: ve un trozo de cielo nocturno, no piensa ni en la organización que desprotegió a sus compañeros y a ella ni en quienes provocaron con su ceguera y su estupidez el exterminio de una generación; tampoco en el ideal de justicia y equidad que estuvo en el origen de su lucha, que se confundió con la venganza a partir de un día de junio de 1955 y seguirá viviendo de formas distintas, en otros, a partir de ese momento.

Años después, un hijo de ambos cuenta esta historia.

HE'S NOT SELLING ANY ALIBIS

Es un poeta menor que publica ocasional-
mente en *The Atlantic Monthly* y revistas similares. Su nombre, sin embargo, es casi idéntico
al del poeta mayor Edwin Muir, un escocés
que falleció en 1959. Gente más o menos so-
fisticada le preguntaba si era el poeta, refi-
riéndose a Edwin. Una vez, cuando Ed le dijo
a una mujer que no era el poeta, ella se mos-
tró muy decepcionada. Dijo que uno de sus
poemas favoritos era «The Poet Covers His
Child». Fíjense: el autor de ese poema era el
Ed Muirnorteamericano.

KURT VONNEGUT, JR.
*Que levante mi mano quien crea en la telequi-
nesis y otros mandamientos para corromper a
la juventud* [12345678]

---

1. Esta es una nota a pie de página. Esta es la primera nota a pie de
página de este texto. Mi padre fue una nota a pie de página en la historia
de una cierta escena poco importante, y lo fue hasta hoy por la tarde,
cuando volví a encontrarme con él de forma inesperada para mí. Si usted
está leyendo esto es porque sabe qué es una nota a pie de página: lo feli-
cito; la mayor parte de mis alumnos −soy profesor en una escuela de arte
a tiempo parcial− no pueden presumir de saberlo.

2. Mi padre no se llamaba Edwin Muir, por supuesto: su nombre, que no le gustaba, era Don R. Freeman, pero sólo los policías y los cobradores de impuestos le decían así; para todos los demás, y para mí, él era «Don» y, en ocasiones, para mi madre, «Donkey». Quizás su nombre fuese más recordado en la actualidad –quizás fuese recordado– si mi padre hubiera sido solista alguna vez, pero en general prefería formar parte de grupos; de ser posible, de grupos creados por otros, que supongo que lo eximían de las responsabilidades del liderato: estuvo en los Rockets de Read Oak, después en The Workingmen de Des Moines y más tarde en una banda de hippies de Columbus, en el estado de Nebraska, que se llamaba The Sun Flower People Community y en la que conoció a mi madre. En la segunda mitad de los setentas, y en los ochentas, mi padre tocó poco, ocupado como estaba trayendo dinero a casa y desorientado por el curso que había tomado la música, pero regresó a comienzos de los noventas con un grupo llamado The Berliners –un guiño a sus tiempos que me sorprendería que sólo se le haya ocurrido a él– con el que grabó un disco y tocó en un par de sitios; por entonces, mi padre entró en lo que podríamos llamar su adolescencia, y me prohibió que fuese a sus conciertos: me dijo que lo avergonzaba que yo lo viera tocando. Sin embargo, mi recuerdo más cálido de mi padre proviene de ese período, de una tarde en que me entretuve toda una tarde escuchándolo ensayar junto a los otros cuatro integrantes de su grupo en la sala de estar de la casa en la que vivíamos por entonces: mi padre y su banda versionaban «Like A Rolling Stone» y mi padre prometía que no iba a dejarlo hasta haber mejorado el original; por supuesto, no consiguió hacerlo, aunque él y los otros músicos lo intentaron una y otra vez, pero para mí resultó fascinante escuchar a mi padre durante horas armando y a continuación desarmando con sus colegas la gran canción de Bob Dylan, como si ésta se tratase de un puzle extremadamente sencillo, tocando durante horas y siendo interrumpidos tan sólo por las visitas de los mormones y del cartero, de las que yo debía encargarme: cada vez que terminaban una versión, corrían a escucharla a un pequeño grabador que tenían y la discutían mientras pensaban la siguiente toma, como si fuesen pintores que se alejaran físicamente de su obra para poder apreciarla mejor, aunque es evidente que, al hacerlo, y con su escucha, más bien se acercaban; cuando la música terminaba, regresaban a sus instrumentos y empezaban de nuevo.

3. Después volví a escucharlo tocar, tan pronto como dejó de avergonzarle que yo lo viera hacerlo, lo cual creo que sucedió cuando perdió toda ilusión de profesionalizarse como músico; pero nunca volví a escucharle tocando canciones de otros. Mi padre siempre había compuesto para los grupos en los que había tocado, en un raro ejercicio de ambivalencia

o indecisión: por una parte, era evidente que le gustaba expresarse, que la composición satisfacía un deseo suyo de «decir»; por otra, el hecho de que no se tomase la molestia de crear sus propios grupos me hace pensar que tal vez consideraba que ese talento suyo era poco importante o no merecía ser el objeto de un esfuerzo específico: en ocasiones, si creía que alguno de los miembros de su banda cantaba mejor que él, no tenía inconvenientes en cederle sus composiciones. No creo haberlo comprendido nunca, quizás por el hecho de que soy pintor y los pintores no podemos, hasta donde yo sé, cederle nuestra obra a nadie. Al respecto hay una historia de Victorine Meurent que leí una vez: Meurent era una modelo de Édouard Manet a la que éste le enseñó a pintar; sus cuadros se han perdido todos, desafortunadamente, con excepción de uno, «Le Jour des Rameaux», que, al parecer, Meurent pintó en 1885, que reapareció en 2004 y que fue vendido a un particular en ese año: al parecer, fue lesbiana y alcohólica. Tras la muerte del pintor, Meurent dirigió una carta a su viuda en la que le recordaba una supuesta promesa de Manet de hacerle partícipe de las ganancias por la venta de los cuadros que la tuvieran como modelo, pero la viuda de Manet no le dio nada. Y luego no sucedió nada más, excepto una cosa: alguien descubrió, o dijo descubrir, que «Le Jour des Rameaux» se parece en exceso a las obras de Manet de ese período, y especuló que podría haber sido el mismo pintor el que compró y destruyó las obras de su alumna para que nadie descubriera que se las había apropiado, que las había copiado o que las había hecho pasar como propias. No sé si esto es cierto: de serlo, la obra merecería un sitio en un museo inexistente, que alguien debería crear algún día, el de las obras y los artistas rechazados por su época, un museo de todo lo que los museos no son ni desearon ser nunca. Aunque tal vez ese museo ya exista, y allí estén las pinturas perdidas de Meurent, y algunas mías, las que todos los museos del Medio Oeste estadounidense rechazaron, excepto el Museo de Arte Contemporáneo de Des Moines y algún otro más, e incluso las canciones que mi padre compuso y no llegó a grabar, no sé por qué razón. Un día lo escuché tocando una con una armonía simple y una melodía que parecía haber estado allí siempre, oculta entre las armonías de otras canciones inferiores a ella, y que sin embargo nadie había descubierto hasta ese momento, como si hubiera permanecido oculta bajo más y más capas de soluciones consuetudinarias y sentimientos triviales: mi padre me la cantó un día, cuando ya se había divorciado de mi madre y vivía solo en un apartamento encima de una lavandería en Bondurant, ya retirado. La primera vez que lo visité allí me dio la impresión de que el ruido de las lavadoras y las secadoras de ropa que ascendía desde la planta inferior me volvería loco, y a continuación pensé que ya había vuelto loco a mi padre, que me había dicho por teléfono que tenía algo importante que mostrarme. Así que pensé que se había vuelto loco cuando me dijo que lo que tenía para mostrarme era una canción que había compuesto. Era la canción de la que hablo, que quedó flotando por encima de nuestras cabezas mucho rato después de que hubiese terminado de cantarla acompañándose con una guitarra. Mi padre había dejado de fumar y, cuando terminó de cantar, y dejó la guitarra a un lado, vi que sus manos se encogían en un gesto de impotencia, en el que aferraba un mechero y un cigarrillo imaginarios. «Es excepcional, es tu mejor canción y una de las mejores que he escuchado en años —admití cuando pude volver a hablar—. ¿Qué harás con ella? ¿Cuándo vas a grabarla?», le pregunté. Mi padre no se alegró de escucharme. «¿Verdad que es una canción grandísima? ¿No crees que podría ser un *hit* si alguien se ocupase de ello?», me preguntó. Asentí, y mi padre se puso de pie y miró por una ventana; lo recuerdo todavía allí, pero lo que dijo no lo recuerdo con precisión. Me dijo, y de esto sí guardo un recuerdo preciso, que ya era tarde para él, y que era tarde para la canción y que no valía la pena pensar en ello, que esas canciones tenían que llegarles a los músicos cuando éstos eran jóvenes y podían llevarlas donde fueran, pero que él ya no iría a ninguna parte; también dijo que, en realidad, la canción no era buena, porque una canción eran su melodía y su letra, sí, pero también las circunstancias que se arremolinaban en torno a ella y de las que su canción carecía. Yo insistí débilmente, le dije que podía vendérsela a otro, a alguien que, como él decía, fuese capaz de llevarla consigo de forma apropiada, pero mi padre negó con la cabeza. Nunca más volví a escuchar esa canción, y ahora sólo tengo un recuerdo pálido de su melodía y de su letra, que narraba un suceso mínimo en una tarde soleada en un parque, en alguna ciudad mediana; quizás la canción esté en ese museo de los rechazos del que hablo, junto con la obra de Meurent, o quizás yo esté imaginándolo todo al hilo de lo que sucedió hoy por la mañana, cuando regresé a casa con una caja de discos de Bob Dylan que compré sin conocer la razón —no soy un gran fan de Dylan, como es evidente—, atrapado como me quedé frente a ella en la tienda donde suelo comprar mis materiales de pintura y los libros. Quizás lo haya hecho como un homenaje a mi padre, que sí era un gran admirador de Dylan, aunque en su beneficio hay que decir que nunca intentó imitarlo, ni una sola vez, y que en la única ocasión en la que versionó una canción suya lo hizo, como decía, para mejorarla; ahora pienso que compré la caja porque me di cuenta que era la primera grabación de Bob Dylan que mi padre no iba a poder comprar él mismo: murió de cáncer de garganta hace un año, después de unos meses duros de quimioterapia y tratamientos agresivos que llegaban demasiado tarde, aunque mi padre había dejado de fumar unos cinco años atrás; como dijo el médico, lo había hecho «demasiado tarde para eludir el cáncer y demasiado pronto para morir como un fumador, siendo consecuente con sus pequeños placeres». Aquel médico fumaba, por cierto; nos decía todo aquello mientras el humo del cigarrillo le bailaba sobre el rostro. Pero mi padre no volvió a fumar después del diagnóstico.

4. Mi madre estaba a su lado cuando mi padre murió, sosteniéndole la mano. Esa misma mañana había recordado con una voz débil, pero entre risas, los años en que un amigo y yo ayudábamos a su banda a cargar y descargar los equipos y teníamos la obligación de forzar las puertas de los coches aparcados en las proximidades de los bares donde su banda tocaba; lo hacíamos durante la actuación, en la cuarta o quinta canción, llamada –irónicamente, aunque nadie pilló la ironía nunca– «Daddy, Please Buy Me A Brand New Car»; cuando lo hacíamos, saltaban las alarmas de los coches y una parte importante del público corría a ver si el vehículo que estaban intentando robar era el suyo; cuando regresaba, las cervezas estaban calientes o habían sido ya retiradas por los camareros, y los espectadores tenían que pedir otra ronda. No sé si lo he dicho ya, pero la banda cobraba un porcentaje de las bebidas consumidas durante la actuación.

5. Aquella caja contenía todo lo que Bob Dylan había grabado en 1965 y 1966, todas las grabaciones y los bosquejos en estudio de las canciones por las que Dylan es más recordado, pero es evidente que nada de esto me importaba realmente cuando lo compré, sin saber demasiado de él y algo escandalizado por su precio. Alguien, en la cola frente a las cajas, a mi espalda, me dijo que conocía a una persona que la había escuchado toda en un solo día, o en un día y medio. «Son dieciocho discos, más de trescientas sesenta horas de música», agregó. «¿Treinta y seis o trescientas sesenta?», le pregunté yo: el hombre en la cola se encogió de hombros, como si las dos cifras le pareciesen, al margen de la diferencia entre ambas, excesivas; le pregunté cómo había quedado su conocido después de la escucha, y el hombre me respondió: «Destruido, hecho polvo, enfadado con Dylan». «Quizás sea lo que Dylan esperaba», le dije; pero el hombre no me respondió: había tomado un paquete de baterías y estaba tratando de leer la letra pequeña. Cuando acabé de pagar le dije: «Salúdame al fanático de Dylan»; pero el hombre me miró como si me viera por primera vez.

6. Una vez mi esposa me contó la siguiente historia: un escritor inventa un personaje femenino, con el que dice haber tenido un *affaire*; en la novela que le dedica –una historia de amor, el tipo de historia que las personas nunca se cansan de leer, dijo mi esposa–, los personajes discuten

a consecuencia de los celos de él y posiblemente porque se ha vuelto loco o ha estado loco siempre, y él la mata. Un tiempo después de que la novela ha sido publicada, el escritor tropieza con un colega suyo que lo felicita por ella y le dice que, unas semanas atrás, en otra ciudad, en una ciudad no muy lejana pero ciertamente nada próxima a la ciudad en la que el escritor y su colega viven, él conoció o cree haber conocido a la mujer que inspiró el personaje de su novela. Nuestro escritor se sorprende, le dice que no hay ninguna mujer que haya inspirado a su personaje, que no conoce a nadie en esa ciudad; más tarde, sin embargo, le escribe: no puede dejar de pensar en la mujer que el otro ha conocido, admite; le da curiosidad, le pide referencias. El otro escritor le responde algunas horas después de haber recibido su correo, aunque esas horas le parecen días al autor de la novela; le dice que lo comprende, que él también sentiría curiosidad, de estar en su lugar; sin embargo, afirma, es posible que todo haya sido un error suyo o una confusión; o quizás, agrega, el resultado de la profunda impresión que había causado en él el libro de su colega precisamente en los días en que visitó la ciudad en la que creyó conocer a la mujer que había inspirado su personaje; él también piensa, admite, siendo muy poco original –de hecho, siendo profundamente trivial, que es como, en general, nuestro escritor califica los libros de su colega, todos ellos–, que la vida imita al arte, y que quizás ése sea uno de esos casos, pero también le copia el nombre de la mujer y le indica el sitio, el restaurante, donde la conoció, en el que la mujer era camarera. Nuestro escritor no se detiene a esperar: pone a su esposa una excusa cualquiera, viaja a la ciudad de la que le ha hablado el otro escritor, visita el restaurante que el otro ha mencionado, conoce a la mujer. Es exactamente como la de su novela, se dice: es oscura y bella y guarda secretos. Él no es como el personaje de su novela, se dice, pero la seduce; durante algunos meses la visita regularmente, tanto como puede permitírselo sin despertar las sospechas de su esposa; más tarde, sin embargo, los misterios que ella atesora empiezan a inquietarlo, y lo inquieta también el hecho de que el otro escritor nunca haya vuelto a preguntarle por ella. ¿Está al tanto de lo que sucede? ¿Mantiene el contacto con ella de alguna forma? Y, en cualquier caso, ¿qué pasó antes entre ellos? El otro escritor no se lo ha dicho; la mujer no se lo quiere decir. Cuando no está con ella, ambas cuestiones le importan más de lo que desearía: casi literalmente, lo vuelven loco. Un día, en la otra ciudad, el escritor y la mujer discuten, otra vez, sobre el escritor que le dio la información sobre ella, que lo puso sobre su rastro y, en algún sentido, lo precedió. ¿Qué pasó entre ellos? La mujer calla al respecto, no quiere decir una palabra, él la mata. Más tarde tiene la sensación de haber vivido todo esto antes, aunque nada de ello le ha sucedido nunca, excepto en su novela, en la que los personajes discuten a consecuencia de los celos de él y posiblemente porque se ha vuelto loco o ha estado loco siempre, y él la mata. A lo largo de los próximos años, mientras espera en el corredor de la muerte, el escritor se pregunta si el otro escritor sabía, si conocía el final de su novela y si forzó los acontecimientos con la finalidad de librarse de él, de eliminar un competidor exitoso en una carrera literaria que él siempre ha imaginado como una carrera de obstáculos y una guerra de trincheras. Le escribe cartas desde la cárcel, exigiéndole una explicación a algo que no la tiene, pero el otro escritor nunca le responde; en base a esas cartas, sin embargo, el otro escritor escribe un libro de ficción en el que los hechos son presentados prácticamente sin cambio alguno, como el resultado de una monstruosa coincidencia o de un error; a él, que lo lee en la cárcel, el libro le parece exculpatorio; ya no piensa en la mujer aquella, sino sólo en la relación con su rival, que ahora considera más importante que la historia de amor en la otra ciudad y su final trágico. El libro del otro escritor es un éxito, lo que no alivia las últimas semanas de nuestro escritor en el pasillo de la muerte.

7. ¿Pueden pasar estas cosas? No, por supuesto. Mi esposa es escritora, y todos los escritores fantasean con la posibilidad de que su vida sea una obra de arte o la imite; los pintores no esperamos nada de eso, quizás porque producimos un arte que nace muerto o sólo vive en el breve instante en que es contemplado. Una vez, mi esposa me contó la historia del filete que yo estaba preparándome, desde el momento de su concepción o algo parecido: lo arrojé al cubo de la basura en cuanto hubo acabado, y ya no como carne; mi madre dice que es una mujer que no ve las cosas, sino las palabras que describen esas cosas: naturalmente, mi esposa nunca le ha gustado, pero mi madre está casada ahora con un farmacéutico viudo de Bloomington que no nos gusta a nosotros, que la hace teñirse el cabello como su primera esposa y cuando nos visita nos obsequia medicamentos, atribuyéndose la potestad de determinar qué enfermedades padecemos o padeceremos: por lo común, a mí me regala antiácidos y a mi esposa productos para mitigar una menopausia que tendrá lugar dentro de diez o quince años, mucho después de que esos productos hayan prescripto. Mi esposa, que, como es evidente, no está dispuesta a esperar, suele arrojarlos a la basura tan pronto como mi madre y su nuevo esposo se marchan: siempre está trasteando en la casa, buscando inspiración para sus historias en las cosas que se rompen en la vivienda; a pesar de ello, no estaba hoy por la mañana, cuando regresé de la tienda y desempaqué la caja de Bob Dylan. Ahora pienso que tendría que haber dedicado más

atención a lo que estaba haciendo, realizar un pequeño ritual o estar consciente de alguna manera de lo que estaba haciendo, estar allí, puesto que yo había comprado ese disco por mi padre, por el hecho de que mi padre estaba muerto y ya no podía hacerlo por sí mismo; pero la verdad es que nada de eso sucedió: sencillamente, entré a la casa, puse un disco de la caja al azar, me puse a responder los correos electrónicos. Cuando el disco acabó, puse otro, y luego otro más; y entonces sucedió: los acordes que conocía, las voces que había escuchado, los giros y las cadencias que emergían del pasado estaban nuevamente allí y transcurrían una vez más frente a mis ojos. No sé qué pudo haber sucedido, no tengo idea de quién cometió un error, o cómo circuló esa cinta, pero, esta mañana, pude escuchar otra vez, completa, con una rara emoción, la sesión en nuestra casa en la que mi padre y sus colegas intentaron mejorar sin conseguirlo la mejor canción de Bob Dylan: las cintas debían de haber estado en circulación desde entonces, multiplicadas por el celo de los archivistas y la ambición de los obsesivos por completarlo todo; quizás hayan circulado por tanto tiempo que incluso Bob Dylan haya creído que eran suyas, que era él quien interpretaba todas esas versiones de «Like A Rolling Stone», con sus paradas bruscas, la voz deliberadamente nasal y paródica que mi padre había puesto para cantarlas cuando no estaba satisfecho con la versión, todos los borradores que los oyentes tomarían como esbozos previos de la grabación definitiva y en realidad habían sido ensayados años después de ella y en su contra, para devolverle a la canción una vitalidad perdida. Nadie iba a reparar en ello, por supuesto, pero fíjense: entre una canción y otra se puede escuchar mi voz de adolescente, abriendo la puerta a otra pareja de mormones proselitistas, perfectamente intercambiables con tantas otras parejas vistas en el pasado; las mismas camisas y pantalones, los mismos cortes de cabello, la misma salud y limpieza exudada por todos los poros y sólo perjudicada, si acaso, por el polvo del camino y las inclemencias del tiempo, la misma confianza en que lo que vemos no es, no puede ser, todo lo que hay.

8. Una vez mi padre me pidió que lo acompañase a un concierto de Bob Dylan: por entonces ya estaba enfermo, pero creo que disfrutó de la actuación; a mí, esa actuación me dejó indiferente, excepto por el hecho de que era evidente que Dylan hacía un esfuerzo deliberado para que las canciones no se pareciesen a sus versiones grabadas, como si se negase a ser un imitador de su pasado. Verlo era, en algún sentido, como ver a un pintor pintar un cuadro basado en un motivo habitual, pero haciéndolo distinto cada vez; al final de una semana, de un mes, tal vez de un año, las versiones serían tantas, y tan distintas, que el motivo original habría sido

olvidado por completo, y su arte sería puro presente. Verlo fue inspirador: yo también quise poder hacer algo así, que parece por completo vedado a la pintura; creo que aquella vez lloré después de dejar a mi padre en su cuarto sobre la lavandería, por él y por su enfermedad, pero también, ridícula, absurdamente, por las limitaciones de la pintura y la superioridad sobre ella de la música. Ahora estoy esperando que mi esposa regrese a casa para contarle todo esto, y escuchándome correr a abrir la puerta mientras mi padre y sus amigos, que fueron las notas a pie de página de una música que nunca les dio una oportunidad, pese a sus esfuerzos, reescriben involuntariamente la historia, ascienden sin saberlo desde lo profundo de la página hasta su cuerpo central, en una transgresión que, sin embargo, sólo yo sé o conozco y que no muchos creerán. Una vez, mi padre me despertó para ver el paso del cometa Halley; yo debía de tener unos diez años, y tenía sueño y frío, pero recuerdo su entusiasmo, la forma en que mi padre me abrazó ante la contemplación de esa pequeña raya en el cielo, algo que tenía que ser enorme y sin embargo parecía tan pequeño que tenías que mirarlo detenidamente para fijarlo en la memoria.

LAS LUCES SOBRE SU ROSTRO

1

Ve las luces sobre su rostro y después ve las luces sobre su rostro y piensa que son las mismas luces, pero no lo son. Antes tiene un pensamiento para el público, en su mayoría compatriotas suyos adinerados que se ponen de pie en sus asientos pero ya no gritan, o que él ya no escucha. «Que los chinguen», se dice en un borbotón, y ese borbotón de sangre y saliva que el protector no contiene le recuerda otros, los de las peleas anteriores, y el coágulo que se abría paso por su boca y no le dejaba gritar, a pesar de que temblaba y lloraba y podría haber gritado, e incluso hubiese deseado gritar, pidiendo ayuda, cuando vio a su esposa y supo, sin necesidad de constatación alguna, que estaba muerta, entre los vidrios y los hierros del coche destrozado, a su lado, cuando él tenía veinticinco años y llevaba seis boxeando profesionalmente, con un apodo que le habían impuesto por venir de Sinaloa y una rabia que debía de venir de otro sitio, situado en su interior y más antiguo que las sierras y los ríos.

A continuación ve las luces sobre su rostro y después ve las luces sobre su rostro y piensa que son las mismas luces, pero no lo son, y se dice que está en un hospital y recuerda la última vez que estuvo en uno, cinco años antes del accidente en el que murió su esposa y del que él salió ileso a pesar de que era él quien conducía, quien había bebido y después había intentado despejarse con cocaína y quien había pensado que todo era un juego, las luces revolviéndose frente a él y muy pronto a sus espaldas en una noche cualquiera en Ciudad de México, y él junto a la mujer que amaba sintiéndose dueño de sí mismo y de la ciudad y del tiempo. Aquella vez ni un solo rasguño, menos que en una pelea amañada, pero los policías tapándolo todo porque, como le dicen aún en la ambulancia, cuando le cubren los hombros con una manta como lo han visto hacer en los filmes gringos, le deben favores y saben que él es uno de ellos; y su mujer con el rostro destrozado y las piernas amputadas y sin vida, tapada con una manta en una camilla a su lado. Ni una luz sobre su rostro, salvo, a la distancia, las de las patrullas y las de los teléfonos de los curiosos que se han congregado al escuchar el ruido y reconocen al joven sinaloense que ha desafiado recientemente al mejor boxeador de la ciudad, al hombre cuya figura de pájaro carroñero decora los puestos de Tepito y la Plaza Garibaldi. Antes, unos diez años atrás, sí, las mismas luces sobre su rostro y la voz del médico, que le dijo que la motocicleta había caído a su lado, pero que el automóvil que iba detrás no había podido detenerse a tiempo, y él recordándolo todo ahora, la voz del médico a sus espaldas, la luz sobre su rostro, el anuncio de que era posible que ya no pudiera volver a boxear, por lo menos no profesionalmente, y él que, como si supiese que el médico se equivocaba, que había soslayado una evidencia física o la rabia antigua de las sierras y los ríos, y que su diagnóstico no importaba, no importaba en absoluto, le había preguntado cómo había quedado la motocicleta, y el médico había reído.

Más tarde, posiblemente todavía hoy, ve las luces sobre su rostro y escucha a un hombre entrando en la habitación pero no llega a verlo: es una voz, y él infiere, por su autoridad, que esa voz es la de un médico; le sorprende, sin embargo, que no le hable en inglés, que no se aproxime a él, que lo deje a solas con las luces sobre su rostro, pero lo escucha hablar a sus espaldas y después vacila y se dice que este médico también se ha equivocado, y piensa que tiene que preguntarle sobre el resultado de la pelea, tiene que preguntarle dónde está su mánager y cuándo estará en condiciones de solicitar una revancha ante el estadounidense, pero algo le impide hablar, o eso le parece: cuando finalmente lo hace, para su gran asombro, pregunta cómo ha quedado la motocicleta, y el médico ríe.

Un instante atrás, poco después de despertar y ver las luces que tomó por las del estadio, pero son las de un quirófano —piensa, como aquel en el que estuvo cuando su primer accidente—, el médico le dijo que la motocicleta cayó a su lado, pero que el automóvil que iba detrás no pudo detenerse a tiempo, y es posible que ya no pueda volver a boxear, por lo menos no profesionalmente.

Entonces él pensó que tenía que preguntarle sobre el resultado de la pelea, tenía que preguntarle dónde estaba su mánager y cuándo iba a estar en condiciones de solicitar una revancha ante el estadounidense, pero sólo pudo preguntar cómo había quedado la motocicleta.

El médico rió y salió de la sala; es decir, volvió a reír y volvió a salir de la sala.

A continuación todo sucede muy rápido, aunque sucede en el transcurso de diez años. Al principio él no comprende, pero piensa en ello durante la estancia en el hospital, donde, por otra parte, no tiene otra cosa que hacer que pensar en ello, y cree comprender: piensa que el tiempo ha sufrido un espasmo y ha retrocedido diez años, como si las luces que vio sobre su rostro y las luces que vio a continuación hubiesen sido, en realidad, y contra todo lo dicho antes, la misma. Al principio, también, piensa que se le ha otorgado un don, una dádiva como la de los cuentos, o esos filmes que sólo pueden haber sido hechos para ser vistos una vez al año, en el ocio y la displicencia que imponen la Navidad o cualquier otra fecha por el estilo, y que tiene la posibilidad –que él no puede llamar de esta manera, entre otras cosas porque desconoce la palabra y su significado, porque no tiene interés en los sitios donde podría aprenderla y en todas las otras cosas que podría aprender pero no le servirían para el boxeo, que llenarían su cabeza de cosas y la volverían grande y torpe y pesada, una bolsa de entrenamiento a disposición de sus rivales–, la de hacer las cosas mejor, en una redención que deje al mundo indiferente, pero no a él, y que sirva para que, de entre todas las cosas que han sucedido en los últimos diez años de su vida, que son ahora los próximos diez años de su vida, no suceda una cosa, tan dolorosa y al mismo tiempo tan obvia que ni siquiera es necesario mencionarla.

Naturalmente, sus padres lo visitan en el hospital mientras su pierna, lentamente, se cura; los médicos le dicen que no podrá volver a boxear, que la pierna no podrá sostenerlo durante un combate de exigencia, pero él sabe que no es cierto, que los médicos se equivocan; a menudo conversa con sus padres y con los médicos y repite, sin saberlo, conversaciones que ha tenido en el pasado con todos ellos y que, por supuesto, ha olvidado ya.

Un día abandona el hospital y regresa a la casa de sus padres: la casa es pequeña y sus hábitos han cambiado en los últimos diez años; es decir, en los diez años que vendrán. Antes de que haya transcurrido una semana desde su regreso, discute con su padre y sale a la calle; como no sabe adónde ir, hace lo que hizo en la primera ocasión: regresa al gimnasio donde entrenaba antes del accidente, habla con el encargado, que es un indio zapoteco y dice ser nieto de Benito Juárez —aunque esto es imposible de probar— y haber sido sparring de Rubén Olivares, cosa que sí se puede probar, como hace cuando algún desconocido visita el gimnasio, extrayendo del bolsillo de la chaqueta un recorte de prensa preservado en un sobre de plástico y mostrándoselo sin decir palabra, y el encargado, que no necesita volver a decirle que es nieto de Benito Juárez y una vez fue sparring de Rubén Olivares, le dice que puede quedarse y le muestra la habitación de las escobas y él entra en ella y ve una cucaracha enorme, realmente enorme, que lo espera agazapada en un rincón y comienza a correr cuando él entra, y él intenta aplastarla con un pie y, aunque suele presumir de sus reflejos, que son todo lo que tiene en el boxeo, eso y su tenacidad y unos cincuenta y siete kilogramos de peso y de ambición, aunque no rabia todavía, no consigue aplastarla, y a continuación se dice a sí mismo que es raro que le esté sucediendo eso, porque la primera vez que entró en ese cuarto, diez años atrás, sin saber por cuánto tiempo debería vivir allí, y si ése no sería, como había sido para el supuesto nieto de Benito Juárez, el final del camino, tampoco acertó a darle, y el insecto escapó entre sus piernas, en una refutación tácita, pero incomprensible para él, que todavía desconoce el fenómeno y ni siquiera podría ponerle nombre, del determinismo.

Su pierna izquierda sigue colgando al final de su cuerpo, risible en comparación con la derecha; él se habitúa, como lo hizo la primera vez, a patear con ella una de las paredes del cuarto de las escobas, y a sentir con cada golpe una oleada de dolor que le recuerda la segunda oportunidad que cree que se le ha dispensado. En la pared se dibuja poco a poco la huella de un pie, y sus padres, como la primera vez, nunca vuelven a por él ni él vuelve a saber de ellos.

Uno de los boxeadores que se entrena en el gimnasio, un joven de Cosalá que descuida sistemáticamente el baile que se prescribe a todos los pupilos, confiándose únicamente a la fuerza de dos brazos fuertes y poco sutiles, se apiada de él y lo invita un día a salir con su novia y con él, y le promete una amiga de su novia. A él se le desboca el corazón, porque sabe o cree saber que esa amiga es su futura esposa; por la noche lo pasan a recoger al gimnasio pero sólo vienen el joven de Cosalá y su novia, que es exactamente como él la recuerda. El joven de Cosalá se ha peinado con brillantina y lleva una camiseta apretada con un águila dorada en el centro; él sabe que el joven compite como medio pero ha comenzado a engordar y es posible que ya esté al nivel de un mediopesado, y sabe también que la vez anterior murió, o morirá, en un enfrentamiento con los Zetas, cuando haga ya un par de años que haya abandonado el gimnasio y trabaje para el cártel de Sinaloa. Al igual que la primera vez, el joven de Cosalá le ha cedido el asiento a la derecha del conductor, y su novia lo observa desde los asientos traseros mientras le da instrucciones al joven sobre cómo llegar a la casa de su amiga; como la vez anterior, también, se pierden un par de veces por calles llenas de polvo de las que emergen casas prefabricadas que parecen una erupción en la piel del paisaje, algo potencialmente maligno que pronto será aplanado e integrado a la línea del horizonte como si no hubiese existido nunca. En un par de ocasiones, mientras recorren calles que él recuerda bien de los próximos años, quiere indicarle al joven de Cosalá cómo llegar a la casa, pero no puede hacerlo y piensa que esto se debe al nerviosismo de la inminencia y a que todo debe ser hecho como la primera vez para que su resultado sea por completo distinto y no termine una noche cualquiera en Ciudad de México.

Esa noche, como la primera vez, van a jugar a los bolos y después a comer pizzas a un local de Domino's. Una vez más, el joven de Cosalá se ríe de él cuando se niega a continuar comiendo porque no quiere rebasar el peso pluma: para el joven de Cosalá, él ya no tiene futuro en el boxeo; el hecho de que él sepa que no es así no tiene relevancia porque el joven de Cosalá no sabe que eso no es cierto y él no puede probarlo. Una vez más, cuando el joven de Cosalá se ríe de él, él cree reconocer en los ojos de la amiga de su novia el primer destello de interés y de respeto y piensa que hacerse con ella, hacerse uno con ella en las semanas del cortejo y después, será más fácil en esta ocasión; quiere quedarse a solas con ella y decírselo, pero sabe que ella no sabe y que no lo entendería; quiere, también, no cometer los errores inevitables en las primeras citas, pero vuelve a cometerlos todos. Una vez más, cree que, pese al destello en sus ojos, él no ha dejado ninguna impresión en ella. Esa noche, de regreso en el gimnasio, deja una huella sucia en la pared del cuarto de las escobas, y piensa.

Un par de días después, como en la primera ocasión, ya no sabe si diez años atrás o no, ella va al gimnasio con la excusa de acompañar a su amiga a recoger al chico de Cosalá, pero es a él a quien busca y con quien se entretiene las horas siguientes, mientras él le muestra con torpeza las instalaciones y trata de que ella se interese por lo que le muestra. Como si entendiera, esta vez el indio zapoteco tampoco se acerca a ellos ni extrae ante ella el recorte de prensa que lo muestra junto a Rubén Olivares; en cambio, los observa desde el fondo del gimnasio sin curiosidad. Una vez más, y aunque tiene presente el malentendido que dio comienzo a su relación la vez anterior, él intenta besarla y después, cuando ella se deshace de él, retenerla: al acercársele, reconoce en ella su olor, que le resulta familiar, pero sabe, o comprende, que el suyo, a ella, todavía le es desconocido. Al igual que la vez anterior, ella se marcha y él no la ve en tres días.

En los días que pasan alejados, como en la primera ocasión, diez años atrás o no, él, por fin, comprende, pero no acepta, que la oportunidad que se le ha otorgado no consiste en vivirlo todo para no cometer los mismos errores sino en vivirlo todo a secas, sin poder enmendar ningún desacierto ni apartarse de una senda cuyas estaciones incluyen las peleas, los agravios provocados y recibidos y un accidente de automóvil. A diferencia de la vez anterior, de los tres días en que pasa separado de la que fue su mujer y volverá a serlo, aunque ella aun no lo sabe y afirmaría, de ser preguntada, lo contrario, él pone a prueba los límites de la oportunidad que se le ha concedido: intenta dejar el cuarto de las escobas, hacer un viaje o decir algo que no recuerde haber dicho ni pensado nunca. En todas las ocasiones, fracasa: no dice nada que no haya dicho ni pensado nunca, no reúne fuerzas para ir a la estación de autobuses y escoger el primero de los destinos disponibles, no consigue siquiera abandonar el cuarto de las escobas en el que cree perder la cabeza una y otra vez a lo largo de tres días. A lo largo de esos tres días, también, recuerda que la noche en que su mujer vaya a morir, él estará furioso y desesperado, y que la sucesión de alcohol y de cocaína y de las luces que pasarán cada vez más rápidamente a los lados, y que serán, indefectiblemente, las luces de la Ciudad de México, no será inmotivada sino el resultado de la conciencia de que el período de gracia habrá acabado: no habrá habido nada que se haya parecido a sentirse dueño de sí mismo y de la ciudad y del tiempo, que es la última cosa de la que sabe que será dueño. Aun así, espera que las cosas sean distintas en esta ocasión, y todavía no sabe que no lo serán en absoluto: tres días después de que ella haya ido a buscarlo al gimnasio, él recorrerá las calles que conoce de unos días antes y de seis de los diez años que vienen y conocerá o volverá a conocer a su madre y hablará con ella y ella lo perdonará y después tendrán un cortejo intenso aunque breve y se casarán poco antes de que él vuelva a boxear de nuevo y él boxeará a menudo en exhibiciones a beneficio de las cooperativas policiales de Sinaloa y Ciudad de México y después el joven de Cosalá dejará el gimnasio y comenzará a trabajar para el cártel local y en una ocasión estará a punto de matarlo cuando intervenga con otros en una pelea en la discoteca en la que él y su esposa se encuentran en ese momento y después será asesinado por los Zetas y él desafiará al mejor boxeador de Ciudad de México y lo derrotará con una rabia más antigua que las sierras y los ríos y que habrá empezado a bullir en él durante esos tres días en el cuarto de las escobas en los que él, por fin, haya entendido y sepa que habrá una vida y un accidente y otra vida posterior y dolorosamente vívida y más tarde una noche en que estará peleando en una ciudad estadounidense y verá unas luces y luego verá unas luces y todo comenzará de nuevo o seguirá su rumbo.

UNO DE ESOS PADRES

1

Una tarde en la que estábamos echados en la cama y no teníamos mucho que hacer, mi esposa y yo decidimos las siguientes cosas: que nunca tendríamos un automóvil, que dejaríamos de ir juntos al cine, que ya no compraríamos comida en los supermercados, que jamás viviríamos en las afueras de la ciudad, que tendríamos un hijo. Quizás no fui yo quien decidió lo último pero esto pareció carecer de importancia en las semanas posteriores, mientras cumplíamos los propósitos de la que imaginábamos que sería una vida nueva y mejor para ambos. No compramos un automóvil, en esas semanas ni en las siguientes; alquilamos un apartamento en el centro de la ciudad, dejé de acompañar a mi esposa al cine, ella comenzó a llenar la casa de productos comprados en pequeños negocios naturistas; fuimos felices y responsables como los padres de los anuncios de comida para perros, que siempre son todo sonrisas, todo esmalte dental.

2

Mi esposa trajo de una de esas visitas suyas a los negocios de naturistas unas bayas de Goji que según ella nos aportarían los nutrientes necesarios para cumplir nuestro propósito de concebir, y las probamos, no nos gustaron y nos olvidamos de ellas. Algún tiempo después, la casa estaba repleta de unas pequeñas mariposas grises: volaban por la cocina como si fueran bombarderos estadounidenses y desquiciaban a nuestro gato, que las perseguía y se daba golpes contra las ventanas, desgarraba las cortinas y arrojaba objetos al suelo celebrando la recuperación de un instinto depredador que nosotros, hasta ese momento, habíamos creído inexistente. Nos pasamos toda una tarde procurando ignorar al gato y hurgando entre los productos de nuestra ya por entonces muy naturista cocina y dimos con el origen de las mariposas: provenían de las bayas de Goji, esos diablillos rojos que nos habían prometido una enorme cantidad de nutrientes y que nunca habíamos llegado a probar en serio. Arrojamos la bolsa de bayas a la basura de inmediato; las mariposas acabaron por desaparecer de nuestra cocina y el gato recuperó algo parecido a la calma. Naturalmente, a continuación nos olvidamos del asunto.

3

Algo parecía no estar bien con nosotros y con nuestro propósito de tener un hijo, algo vinculado con una incompatibilidad de alguna índole que nos hizo visitar a varios especialistas y hacernos análisis que nos resultaban incomprensibles y esperar durante horas en pasillos estrechos que parecían el interior de esos aviones de los filmes que yo ya no veía con mi esposa, esos aviones en los que los paracaidistas esperan antes de iniciar una misión. Nosotros éramos como esos paracaidistas: alguien decía nuestro nombre, nosotros nos poníamos de pie y, al ingresar en la consulta del médico, saltábamos al vacío.

No me gustaba pensar en ello y me había prometido no hacerlo, pero siempre que hablábamos de tener un hijo, cada vez que alguno de nuestros amigos lo tenía y visitábamos a los padres, como suelen hacerlo otros padres o las parejas que desean serlo en un futuro inmediato –con objetos que el niño o la niña no necesita y sólo estorban a los progenitores recientes, excepto a los primerizos, que no saben qué necesitarán y, por consiguiente, creen que lo necesitarán todo–, o cuando, en alguno de los edificios en los que yo había vivido, un niño lloraba y su voz subía por el aire del patio de luces junto con los olores a comida y el sonido de los televisores a todo volumen y las peleas, yo recordaba lo que había sucedido en aquella ocasión en que A. me devolvió unas casetes que le había prestado: A. y yo debíamos de tener unos catorce o quince años y éramos amigos desde hacía unos tres o cuatro; nos interesaban la música y aproximadamente los mismos grupos y solistas de la época; traficábamos con cintas, que nos pasábamos y a veces copiábamos para otros; atesorábamos una música impresa en plástico y cromo que acabaría yendo con nosotros a todas partes aun mucho después de que las cintas se hubiesen roto o perdido o hubiesen sido reemplazadas ya por tecnologías anteriores o posteriores, algo antes, sin embargo, de que la música se volviese inmaterial, o mínimamente material y, por lo tanto, fácil de pasar por alto. Los padres de A. trabajaban como obreros, y su padre era representante del sindicato en su fábrica desde hacía años; yo no sabía qué cosas había visto, y no iba a querer saberlo hasta muchos años después, cuando también iba a querer saber qué vieron mis padres en ese período, y las cosas que prefirieron no ver y con las que tuvieron que vivir toda su vida; pero el padre de A. había sido despedido unos meses atrás, cuando la industria del país había comenzado a ser destruida por el mismo gobierno que decía defenderla: había estado unos meses sin empleo y luego había aceptado una propuesta para cuidar una propiedad en las afueras de una ciudad al norte del país durante un año, mientras sus dueños estaban fuera. Recuerdo el camión de mudanzas, que esperaba subido a la acera cuando llegué a la casa de A. y éste me dio las casetes; no recuerdo de qué hablamos, y si nos prometimos que nos veríamos al año siguiente o no; pero sí recuerdo que nos despedimos en la acera, que yo regresé a mi casa y que allí volví a escuchar las casetes, y que lo que me sorprendió, y primero me irritó y luego me llenó de inquietud, es que, en medio de una canción, mientras transcurría una canción anodina, una de las muchas canciones anodinas de la época, la música se interrumpió y comenzó a escucharse un llanto de bebé, que subía en volumen y tropezaba con los ahogos del niño y con lo que parecían golpes dados con el puño contra una pared durante lo que daba la impresión de que eran muchos minutos, un larguísimo momento suspendido de violencia en el que sólo habían llantos de bebé, golpes y luego un silencio absoluto, que tenía lugar apenas un momento antes de que la casete se interrumpiese. No había más ni podía haberlo, excepto un misterio, porque —y esto lo recuerdo tan claramente como los sonidos en esa cinta— A. no tenía hermanos pequeños, ni otros parientes en la ciudad, que yo supiese, y no podía saber si era él quien había grabado la cinta, si era él el que primero había tolerado el llanto del bebé sin hacer nada al respecto y después había golpeado la pared, o había asistido a los golpes que alguien le daba, y después se había quedado respirando pesadamente junto a la grabadora hasta que la cinta se hubiese terminado; y tampoco podía saber por qué el bebé había dejado de llorar, y cómo. No había, como digo, nada más; en su otra cara, la casete continuaba con normalidad, pero yo ya no reparaba en la música: de hecho, por alguna razón, la apagué de inmediato. A. nunca regresó a la ciudad; yo tiré la cinta a la basura, asqueado por algo que por entonces no podía comprender pero que quizás ya intuyera; pero recuerdo que antes me fijé en las lengüetas de la parte superior de la casete, que solíamos cortar cuando las grabábamos para evitar grabar sobre ellas de forma involuntaria, y descubrí que la lengüeta no estaba, que A. la había cortado después de la grabación, como si hubiese deseado dejarme una pista falsa, nada que resolviese el misterio ni lo explicase: de hecho, algo que lo confundía todo un poco más, pero volvía con claridad en la presencia de un niño recién nacido, ante la idea de tener un hijo o en el verano, cuando tenía que abrir las ventanas que daban a los patios interiores en los pisos que habité y de ellos surgían los sonidos de una vida familiar de programas de televisión, peleas y llantos de niños que posiblemente yo no hubiese deseado para mí sin el misterio, pero que me recordaban, además, los de la cinta que me había devuelto A., esa época, las cosas que tendría que haberle preguntado de haber regresado a la ciudad y que no pude preguntarle, que nunca pude conocer en profundidad y ya no conocería.

4

Entonces el techo de nuestra cocina comenzó a llenarse de unos gusanos blancos del tamaño de un guisante. Ahora que conozco sus hábitos, puedo resumirlos: les gustaba arrastrarse hacia la luz de una ventana pero —ya fuera porque su sentido de la orientación no era bueno, ya porque la ventana no los atraía con suficiente fuerza— caían mucho antes de llegar a ella, generalmente sobre nuestros platos, lo que hacía dar un grito a mi esposa y a mí me estropeaba la comida; solían desplazarse de a pares, parecían ciegos a cualquier obstáculo. Si nuestros hábitos se vieron modificados por su presencia —cuando caían sobre nosotros durante el almuerzo yo tenía que subirme a una silla, agarrar los que aún permanecían en el techo y tratar de matarlos de algún modo o de lo contrario mi esposa no seguiría comiendo–, también los del gato sufrieron cambios: por alguna razón, parecía convencido de que podía capturar una mariposilla al vuelo, pero que cazar un gusano minúsculo, ciego y lento, estaba más allá de sus posibilidades. No salía de debajo de la mesa, donde había encontrado un refugio seguro que nosotros le disputábamos en ocasiones.

5

A veces, cuando los gusanos se arrojaban desde el techo –y si mi esposa no estaba allí para observarme–, yo me detenía a mirarlos: sus pequeñas cabezas calvas eran como las de los monjes budistas que habitan la región de la que vienen las bayas que les habían dado origen y que yo había visto en alguno de esos documentales secretamente concebidos para conciliar el sueño por las tardes; cuando los observaba, imaginaba que los gusanos me miraban también, como si estudiaran al responsable de su fortuna, y suponía que lo hacían alegremente, con la sonrisa beatífica de un Buda infantil: todo iluminación garantizada para los desesperados y los afligidos.

6

Un día mi esposa me contó la historia de una prima suya a la que un gusano se le había introducido en un oído mientras estaba tumbada en una playa venezolana; la prima lo había descubierto al ir al médico después de varios días de intenso dolor, pero el médico se había negado a extraérselo. Está muy dentro para intentar sacarlo, le había dicho; ya verás que en unos días sale por el otro oído. Unas semanas después, y contra todo pronóstico razonable, el gusano había salido efectivamente por el otro oído, pero el médico había cometido un error: el insecto había desovado en su tránsito de un oído al otro y las crías habían acabado comiéndose el cerebro de la prima.

7

(Aunque, naturalmente, tan pronto como escarbabas un poco resultaba que eso no le había sucedido a una prima de mi esposa sino a una amiga de una prima de mi esposa, y que no había constancia de que hubiera sucedido realmente, e incluso que la playa donde supuestamente había sucedido todo había sido arrasada por un derrumbe unos años antes. Pero alguien dijo que no importa si las causas son reales porque siempre lo son sus consecuencias. Y, en cualquier caso, tenías que ver a mi esposa allí, bajo la mesa, abrazada al gato, contando esta historia, tapándose los oídos.)

8

Quizás hubiera podido dedicar el resto de mis días a estudiar las evoluciones de los gusanos tibetanos en nuestro techo y las de mi esposa procurando exterminarlos con venenos –compró todos los posibles: a ella le dejaban las manos rojas y una ronquera de varias horas; a los gusanos, sin embargo, no les hacían nada–, pero ella y yo estábamos ocupados, teníamos el propósito de tener un niño. Quiero decir: yo tenía el propósito de tener un niño y mi mujer tenía el propósito de exterminar a los gusanos y tener un niño, y el orden de sus propósitos era inamovible: primero mi esposa exterminaría a los gusanos y después tendríamos un niño, como si el ciclo de destrucción y creación que está en el fondo de las enseñanzas de los monjes que habitan en la región de las bayas se hubiera contagiado a mi esposa mediante la ingesta o como si ella tuviese un instinto depredador similar al de nuestro gato y desconocido incluso para ella misma, una alegría feroz y un deseo de muerte que brillaban en sus ojos mientras perseguía a los gusanos y se daba golpes contra las ventanas, desgarraba las cortinas, arrojaba objetos al suelo celebrando —ella también, como el gato— la recuperación de sus instintos.

9

Alguien me había contado alguna vez otra historia. Una tarde conducía por una carretera comarcal cuando vio a una niña haciendo autoestop: detuvo el coche y la niña, que se montó en el asiento trasero, le dijo que vivía con su familia unos seis kilómetros más adelante, siguiendo la carretera. La persona que me contó la historia le preguntó a la niña cómo se llamaba, pero la niña no respondió; le pidió que se abrochase el cinturón, pero la niña, como si lo viera por primera vez, dijo que no sabía hacerlo: cuando llegaron a la casa de su familia, había desaparecido. La persona que me contó esta historia me dijo que al llegar al lugar señalado por la niña bajó del coche para buscarla, convencida de que la niña se había escondido para hacerle una jugarreta, pero no volvió a verla: en la casa se había encendido una luz, y él se acercó a ella y vio que una mujer mayor lo observaba por la puerta entreabierta. La persona le habló de la niña y la mujer, que era casi una anciana, le dijo que ella había tenido una hija así, y que la niña había desaparecido hacía años: la última vez que la habían visto había sido mientras hacía autoestop en esa misma carretera.

Aquel día era su cumpleaños y la niña, simplemente, había tratado de volver a casa.

10

(Aunque naturalmente, tan pronto como escarbabas un poco resultaba que eso no le había sucedido a aquella persona sino a un amigo de aquella persona, y que no había constancia de que hubiera sucedido realmente, e incluso que la carretera donde supuestamente había sucedido todo había sido reemplazada por otra y hacía tiempo que ya no era utilizada. Pero tenías que verme allí, bajo la mesa, abrazado al gato, pensando en aquella historia y en los hijos muertos que regresan a la casa de sus padres por su cumpleaños.)

11

(Mi parte favorita de la historia era la del cinturón de seguridad, que ponía en evidencia que la niña había estado «fuera de este mundo» la suficiente cantidad de tiempo como para que la incorporación relativamente reciente del cinturón de seguridad en los vehículos la tomase por sorpresa; claro que la niña no tenía edad suficiente para haberse montado jamás en un automóvil que no hubiese tenido cinturón de seguridad, y ese detalle introducía un elemento perturbador que le otorgaba relieve a la historia, aunque no necesariamente verosimilitud.)

12

Dios envió al faraón diez señales, entre las que estaban los mosquitos y las langostas, pero el faraón sólo permitió a los israelitas abandonar Egipto cuando Dios asesinó a los primogénitos de su país: a mi esposa y a mí únicamente nos había enviado una plaga y una cierta dificultad para tener un hijo y ya estaba a punto de acabar con nuestro matrimonio. Yo suponía que esto era debido a que un matrimonio moderno es mucho menos estable que una gran nación del pasado; Dios guio al pueblo elegido a través del desierto, pero, cuando el pueblo elegido llegó a su destino, se dedicó a adorar al becerro de oro y Dios montó en cólera. A los matrimonios modernos los destruyen el azar, los extraños, los insectos provenientes del extrarradio, los pequeños rencores acumulados hasta conformar una causa de fuerza mayor: a las naciones también. Un día, mi esposa me dijo «Puedo perdonarlo todo, excepto todo lo que no puedo perdonar, que es todo». No lo decía en relación a mí, pero, por supuesto, yo supe que era por mí por quien lo decía; y, sin embargo, yo no podía dejar de ver nuestros inconvenientes como dificultades no necesariamente pasajeras, pero sí estadísticamente irrelevantes: a veces, por la noche, me ponía a pensar en el edificio en el que vivíamos y en el hecho de que todo en él debía ser igual, apartamento tras apartamento, piso tras piso: el baño en el mismo sitio, la cocina en el mismo sitio, quizás, en ella, las sartenes en el mismo sitio, y en el mismo sitio también la desesperanza o el miedo, dispuestos en columnas a la espera de una solución individual que no era posible porque lo que pasaba en una vida pasaba en todas; lo que no podía ser resuelto en un apartamento, no podía serlo en ningún otro para no romper la simetría, la disposición neurótica de los habitáculos que la arquitectura moderna pone a disposición de las parejas jóvenes y su progenie.

13

Sabía que, si no teníamos un niño, mi esposa y yo íbamos a separarnos, que alguno de los dos reuniría sus cosas y se marcharía tarde o temprano de la casa, pero que ella y yo íbamos a seguir unidos por todo lo que no habíamos podido hacer, que el niño que no habíamos tenido nos iba a mantener unidos aunque no volviésemos a vernos nunca más en la vida, ni una sola vez más.

14

Una noche, cuando las numerosas variables de las que, según los médicos, dependía la concepción parecían ser por fin las adecuadas yo simplemente no pude hacerlo. «¿Qué te pasa?», preguntó mi esposa, y yo le respondí, y sólo lo entendí cuando formulé la respuesta, que no podía hacerlo más, que esos gusanos parecían bebés, extraviados y confundidos, y que ella sólo pensaba en matarlos. Dije más cosas, estúpidas o simplemente inapropiadas en esa situación, relacionadas con mis miedos y los miedos de mi esposa y el estado del mundo. Mi mujer se dio la vuelta en la cama y fingió quedarse dormida. Al día siguiente, yo estaba sentado en el borde de la misma cama en la que habíamos formulado los propósitos de nuestra inminente vida de padres felices a pesar de tener el camión de mudanzas de las preocupaciones estacionado permanentemente frente a nuestra puerta, que es lo que sucede siempre con los padres; mi mujer se había ido a trabajar y yo me iba a levantar e iba a rociar a los gusanos con el veneno y después iba a preñar a mi esposa e iba a ser un buen padre para mi hijo, un padre responsable de esos que aparecían en los filmes que mi esposa y yo ya no veíamos juntos en nuestras visitas al cine. Una vez había leído que la tumba donde yacen los restos de Marie y Pierre Curie sólo puede ser visitada en la compañía de un guía provisto de un contador Geiger, que debe calcular la radiactividad presente en el aire para determinar hasta qué punto pueden acercarse los visitantes, y yo había pensado que eso era lo que quería para nosotros: que muriésemos juntos y fuésemos enterrados juntos y que nuestro amor siguiese emitiendo señales tras nuestra muerte, rayos poderosísimos que atravesaran las cosas y aterrorizasen a quienes tuvieran noticia de ellos y tal vez también los contaminasen o contagiasen, incluso en la forma más explícita de un niño y de una trascendencia. Allí, en ese momento, no me podía poner de pie, sin embargo. Pensaba: «Ahora te vas a levantar y vas a actuar como un hombre», pero no me podía levantar de aquella cama.

UMEAK KONTATU ZUENA /
LO QUE CONTÓ LA NIÑA

Era un horrible secreto, y el cepillo de dientes se lo contó a
la pasta de dientes, la pasta de dientes se lo contó a la crema
de manos, la crema de manos se lo contó al jabón de manos,
el jabón de manos se lo contó al peine, el peine se lo contó al
espejo, el espejo se lo contó al picaporte, el picaporte se lo
contó a la puerta, la puerta se lo contó a las tablas de madera
del pasillo, las tablas de madera del pasillo se lo contaron a la
alfombra, la alfombra se lo contó a las patas de la cama, las
patas de la cama se lo contaron a la mesilla de noche, la mesilla de noche se lo contó al colchón de la cama, el colchón
de la cama se lo contó a las sábanas, las sábanas se lo contaron
a las almohadas, las almohadas se lo contaron al libro que había sobre la mesilla de noche, el libro que había sobre la mesilla de noche se lo contó al perchero que estaba a su lado, el
perchero que estaba a su lado se lo contó a la ropa sucia que
había en el suelo, la ropa sucia que había en el suelo se lo
contó a la ropa limpia que estaba en el armario, la ropa limpia
que estaba en el armario fue enterándose de la noticia de la
siguiente manera: primero se enteraron las camisas, luego se
enteraron los pantalones, después oyeron la noticia las bragas
y los sujetadores, las bragas y los sujetadores se lo contaron
a los tenedores (¿?), los tenedores se lo contaron a los cuchillos, los cuchillos se lo contaron a las cucharillas de café, las

cucharillas de café se lo contaron a las tazas, las tazas se lo contaron a los vasos, los vasos se lo contaron a la cafetera y a la tostadora, la tostadora se lo contó a la nevera, y después la cafetera se lo contó a la nevera y la nevera se lo contó al horno y el horno se lo contó a los hornillos grandes, los hornillos grandes se lo contaron a los pequeños y los hornillos pequeños se lo contaron a las ollas, las ollas se lo contaron a las sartenes, las sartenes se lo contaron a los platos, los platos se lo contaron a la mesa, la mesa se lo contó a las sillas, las sillas se lo contaron a los juguetes que había repartidos sobre ellas y los juguetes que había repartidos sobre ellas se lo contaron a la estantería de los libros y la estantería de los libros se lo contó al techo y al suelo y a todas las ventanas y muy pronto toda la casa estaba al tanto del horrible secreto, pero el cepillo de dientes ya lo había olvidado y nadie se tomó el trabajo de recordárselo.

ESTE ES EL FUTURO QUE TANTO TEMÍAS EN EL PASADO

(Introducción)

Un escritor más, uno de esos tantos escritores que publica con cierta regularidad y disfruta de un éxito moderado y una atención quizás excesiva, un escritor del montón, él también, está cansado: llamémoslo Patricio Pron, por darle un nombre cualquiera.

Acaba de comenzar lo que según sus editores es una «pequeña gira» por algunas ciudades a ambos lados del océano Atlántico, algo que los escritores hacen a menudo pero que Patricio Pron hace por primera vez. Es decir, algo que hace por primera vez a semejante escala, ya que la «pequeña gira» comprende veinte ciudades en cuatro o cinco países hispanohablantes en el transcurso de un mes y medio. Muchos lo han hecho antes, por supuesto; pero no todos tienen los antecedentes médicos de nuestro escritor: años de adicciones a diversas sustancias, una deficiencia hepática crónica, problemas estomacales, una descalcificación inusual para su edad y género, pinzamientos y dolores de espalda que en ocasiones hacen que no pueda caminar y/o permanecer sentado mucho rato, problemas dentales, dificultades para dormir, las fluctuaciones de un estado de ánimo que es tan fiable como la montaña rusa de un parque de diversiones abandonado, migraña permanente, un considerable déficit de atención; a lo largo del día, el pastillero que nuestro autor se ha resignado hace años a llevar consigo a todas partes se llena y se vacía marcando las horas de un reloj interno completamente estropeado.

Pron ha aceptado la invitación de sus editores a ir donde vayan sus libros, aunque, en buena medida —y en esto procura ser totalmente honesto, al menos consigo mismo—, lo ha hecho para poder seguir creyendo que se trata de una invitación y no de una exigencia. No le parece una diferencia poco importante, pero sabe que, si intentase discutirla con alguien, por ejemplo con su editor, éste no la comprendería y diría a nuestro autor que está «como una puta cabra». Muchas veces su editor le ha dicho que está «como una puta cabra», muy a menudo cuando su editor y él han discutido su catálogo, que provoca en nuestro autor una impresión ambigua: si a su editor le gustan ciertos libros que publica, es imposible que le gusten los suyos, de títulos largos que, contra lo que se cree, es su editor quien le impone, muy posiblemente para humillarlo; por otro lado, si le gustan los suyos, no pueden gustarles los demás. Quizás todos los escritores piensen lo mismo de los catálogos de los editores que los publican, y es posible que estos piensen que todos sus autores están locos. Muy posiblemente su editor sea un monstruo, pero quizás todos los editores lo sean, y lo sean también los correctores, los distribuidores y los comerciales e incluso los libreros.

Patricio Pron piensa en todo esto mientras yace en la cama del hotel de una ciudad española. No recuerda el nombre del establecimiento ni el número de su habitación y sólo con dificultad recuerda el nombre de la ciudad en la que se encuentra: afuera hay una catedral a la que los turistas no dejan de hacerle fotografías mientras los nativos les venden abanicos y les roban las carteras. Al igual que muchos de sus colegas, Pron se esfuerza por no pensar nunca, en particular si está lejos de su casa y su esposa no está con él para explicarle en qué se equivoca, pero esta noche tampoco puede dormir y sus pensamientos se han desbocado. Unas horas atrás, al terminar la presentación de su libro en un museo, los organizadores del evento lo llevaron a cenar con ellos y lo obligaron a comer un embutido local; sus protestas de que es vegetariano no sirvieron de nada, posiblemente porque en esa región el cerdo es considerado una variedad frutícola, y tuvo que comer varios chorizos y decir que estaban muy buenos. A continuación le dieron de beber un aguardiente confeccionado también, o eso le pareció, con carne de cerdo, y le obligaron a ser testigo de una larga discusión acerca de un concejal de cultura y un aparcamiento subterráneo que ha mandado construir junto a su residencia y amenaza las ruinas de otro aparcamiento subterráneo, éste de la época romana: cuando finalmente, a las cuatro de la mañana, lo dejaron marcharse al hotel, nuestro autor no consiguió llegar a su habitación a tiempo y vomitó en un tiesto en la recepción, pero el conserje fingió que no lo había visto.

A nuestro autor le gustaría llamar a su esposa y llorar en su hombro, por decirlo así; más aún, le gustaría estar en su casa y llorar física y literalmente en su hombro o no tener ninguna razón para llorar, pero son las seis de la mañana y su esposa debe de estar durmiendo. Ni ella ni su editor tienen que estar de pie en una hora para tomar un avión hacia otra ciudad y otra presentación con su consuetudinaria ingesta posterior de embutidos, y ninguno de ellos tiene que dar entrevistas: hoy, o más bien ayer, Pron ha dado seis, de una hora de duración cada una; en dos de ellas lo han presionado para que dijese algo en contra del gobierno, y en las cuatro restantes no lo han soltado hasta que ha dicho algo a favor: nuestro autor, que no lee la prensa y no tiene ningún interés en ningún gobierno, se ha resistido, pero ha acabado diciendo todo lo que le pidieron, como si hubiese sido hipnotizado por sus interlocutores.

Aunque por entonces no lo supiera, es posible, se dice Pron ahora, que aquella vez, cuando pasó un par de años intentando dejar de ser escritor, en Alemania, lo hiciese también por esto, para evitar tener que comer embutidos con extraños que hablan sobre concejales de cultura de ciudades cuyo nombre no recuerda, en una seguidilla de catedrales, entrevistas, cansancio físico, intoxicación, hartazgo y aeropuertos. Un tiempo atrás, cuando le preguntó a una de sus responsables de prensa qué hace ella durante las horas «muertas» de los viajes promocionales, ésta le respondió que jugaba al Candy Crush; había alcanzado el nivel ciento setenta y nueve y estaba segura de que, si iba más allá, su teléfono explotaría: a nuestro autor, sin embargo, no le gustan los dulces. Pron se dice que sería magnífico poder contratar a un actor que lo reemplazase en las giras, y después piensa en alguna otra cosa y se dirige al lavabo a vomitar: una vez más, no llega a tiempo.

A partir de este momento las cosas suceden algo más velozmente y ya no se limitan a tener lugar en una habitación de hotel, en un restaurante o en la mente de nuestro autor; a partir de este momento, éste visita tres o cuatro ciudades, en todas las cuales repite invariablemente la rutina de entrevistas, presentación, desórdenes alimenticios y dificultades para conciliar el sueño. A lo largo de esos días, Pron echa de menos a su mujer y a su gato –a pesar de que su gato se limita a dormir y a exigir comida, esto último cada vez que nuestro autor ingresa en su campo visual, lo cual sucede bastante a menudo en el transcurso de una jornada– e incluso echa de menos las conversaciones telefónicas con su madre, que siempre le dice que es un quejica y un debilucho –cosa que, Pron admite, es tristemente cierta, sobre todo si se compara su vida con la de sus progenitores–, así como un reformista, epíteto insultante para unos padres que, como los suyos, fueron y son decididamente revolucionarios. Que Pron eche de menos conversaciones así –finalizadas habitualmente por su madre, que le grita que es por culpa de los intelectuales conservadores como él que ellos no han hecho la revolución todavía– hace pensar a nuestro autor que está más enfermo de lo que pensaba. Ni siquiera la perspectiva de regresar a su casa a tener que soportar un gato permanentemente hambriento, una mujer celosa y exigente, una madre que se cree Ulrike Meinhof, una asesora fiscal desorientada a menudo, le parece peor que la de continuar de viaje. Pierde o le roban la cartera en una estación de trenes; una mujer abre precipitadamente el maletero de un avión y hace que le caiga encima una bolsa del duty free que se ha desplazado durante el vuelo y debe de contener una plancha o algún artefacto similar; un taxista lo pasea demasiado y pierde un tren; en uno de los hoteles alguien entra cada cuarenta minutos para constatar si ha consumido algo de la nevera; en el transcurso de una presentación sufre un bloqueo y no recuerda si Max Beerbohm es el autor del cuento «Enoch Soames», si es un hipotético Enoch Soames el que escribió un cuento titulado «Max Beerbohm» o si ambos no son, en realidad, un invento de Jorge Luis Borges. Mientras tanto, sus encargadas de prensa le envían las primeras reseñas de su nuevo libro; dicen cosas como «La maquinaria narrativa de esta novela se articula como un juego de espejos», «El sujeto palpitante se enfrenta con el impasible, transparente y vacío sujeto gramatical para movilizarlo», «El artefacto textual deviene textualidad del artefacto», «Descendida al fondo sémico, la obra opera su regresión genética». Pron no entiende absolutamente nada de todo esto, pero finge alegrarse y sus encargadas de prensa fingen alegrarse también. Es como si se hablase de otro, se dice: como si todo esto le sucediera a otra persona y a libros que él ni siquiera ha leído. Una noche está durmiendo abrazado a su mochila en el asiento de un aeropuerto sudamericano que huele a sudor y a maíz frito cuando lo despiertan los altavoces: conminan a Patricio Pron a abordar su vuelo de inmediato, pero a Patricio Pron ese nombre no le dice nada, como si fuese el de otro, y entonces recuerda la noche aquella en un hotel de provincias y la iluminación que tuvo en su transcurso pero pasó por alto y en ese momento, por primera vez, quizás por primera vez en su vida, entiende o cree entender algo.

(Nudo)

No le resulta nada difícil dar con la persona adecuada; de hecho, ni siquiera tiene que buscar demasiado: Pron conoce a algunos directores de cine y estos saben de decenas de actores que en este momento no tienen trabajo. No hay audiciones propiamente dichas porque esto requeriría un cierto conocimiento de habilidades actorales que Pron —que tiene un interés limitado por el teatro y uno prácticamente nulo por el cine— no posee; por otra parte, las pruebas sólo tendrían sentido si hubiese un estándar interpretativo, que en los hechos no existe: ni siquiera Patricio Pron cree saber cómo «hacer "bien" de» Patricio Pron, y este inconveniente, que durante algún tiempo le pesó de forma extraña —como si temiese ser reemplazado por alguien más idóneo para el papel– y hace tiempo que ya no le importa, constituye en esta situación una ventaja. Una sola cosa le interesa a nuestro autor: que el actor sea barato y que no se parezca físicamente a él, ni siquiera un poco.

Patricio Pron ha nacido el nueve de diciembre de 1975 en una ciudad argentina que él prefiere llamar *osario porque allí están, o estarán, los huesos de quienes lo precedieron, todos mezclados en una fosa común que es también la de un país y dos o tres proyectos que no pudieron ser llevados a cabo; mide un metro setenta, pesa cincuenta y nueve kilos; según su pasaporte, tiene los ojos marrones y el cabello castaño. Escoge, por lo tanto, un actor español de sesenta y ocho años de edad que mide un metro cincuenta y siete centímetros, pesa setenta y cinco kilos, tiene los ojos azules, está calvo.

Nuestro autor y su nuevo empleado sólo se encuentran en una ocasión, en una cafetería del centro de Madrid cuya dueña tiene un perro y es poeta. Durante la conversación –muy breve, por lo demás– negocian los honorarios del reemplazante y éste le confiesa a Pron que su encargo, al principio, le pareció una broma. También le dice que ha estado investigando, viendo vídeos y entrevistas a nuestro autor en internet, y le hace una imitación plausible que a Pron lo repele: no se trata, le explica, de imitarlo a él y de reproducir sus vacilaciones y sus torpezas, porque el objetivo del reemplazo –al margen del más pedestre, que consiste en ahorrarle a nuestro autor la irritante sucesión de viajes, entrevistas y presentaciones que conoce bien y que teme, aunque esto no lo dice, que acabará matando a su reemplazante, que ya es mayor y no parece disfrutar de una salud magnífica– es la diferencia moderada y no la similitud. Acerca de este asunto, Pron se muestra firme: no contrata a su nuevo empleado –el primero que tiene en su vida, en realidad– para que lo imite, sino para que pretenda «ser» él, liberado de la imposición de un modelo, como si no lo hubiese visto nunca y ni siquiera supiese que hubo un Patricio Pron antes de que él comenzara a serlo. A continuación le entrega sus primeros honorarios, los billetes de avión para su próxima comparecencia y unas instrucciones acerca de lo que debe hacer y decir en su debut; lo despide cuando ve entrar por la puerta del bar a la poeta y a su perro.

En el correo electrónico que le escribe a su regreso, el actor que ha contratado le dice que nadie parece haber notado que es un actor, y no Patricio Pron, el que compareció, dio entrevistas, presentó un libro, se sacó una fotografía con los organizadores, cenó con ellos: en resumen, le dice el actor, es como si él hubiese asistido efectivamente y en persona. A nuestro autor, la constatación de que el reemplazo es posible lo alegra, pero también lo decepciona, en algún sentido, porque, de hecho, lo que se propone es que la diferencia sea percibida y forzosamente aceptada. (También lo decepciona comprobar que, como cree haber notado en situaciones similares en el pasado, la mayor parte de sus anfitriones nunca ha sabido quién es él, no se ha tomado siquiera el trabajo de mirar una fotografía suya y lo desconoce todo sobre su trabajo, que es apenas un nombre y una casilla felizmente rellenada en la planilla de una programación cultural que no importa siquiera a los concejales de la oposición, no hablemos de los oficialistas.) A raíz de ello, del fracaso parcial de su proyecto, Pron modifica el papel que escribió para su reemplazante: ahora éste debe decir –y debe decirlo desde el principio, para evitar confusiones– que no es Patricio Pron, que es un actor que reemplaza a Patricio Pron pero que lo que va a decir, y en menor medida lo que va a hacer, han sido escritos por Patricio Pron, que no ha podido o no ha deseado asistir él mismo a su evento.

La siguiente comparecencia termina en escándalo, por supuesto, aunque se trata de uno literario; es decir, uno minúsculo y que no importa y ni siquiera es percibido por quienes no pertenecen de alguna manera a la escena de la literatura, con su sociabilidad y sus instituciones más o menos fallidas. En las siguientes semanas, Pron es desacreditado, ridiculizado y humillado públicamente por sus veleidades, todo lo cual, posiblemente, merezca. En efecto, su editor lo llama por teléfono para hacerlo recapacitar; como no lo consigue, le dice una vez más que está «como una puta cabra» y le cuelga el teléfono después de amenazarlo con no volver a publicar jamás un libro suyo. Al mismo tiempo, su reemplazante participa de dos actos más, que, paradójicamente, resultan concurridísimos, ya que el público desea ser testigo de la situación anómala de que alguien que no se parece en nada a un escritor, que nunca ha escrito una línea y tal vez tampoco haya leído demasiado, sea contratado por éste no para imitarlo, sino para reemplazarlo en eventos en los que, como en un ejercicio de mediumnidad, el actor dice lo que el escritor ha escrito y lo que éste le ha ordenado que diga y haga, pero no es él y no pretende serlo. Acerca de esto, por cierto, alguien escribe un ensayo en la revista de un museo en el que se hace una pregunta interesante: si un escritor no es lo que ha escrito, el que ha escrito y lo que ha sido escrito simultáneamente, entonces, ¿qué es un escritor? La autora del artículo no responde a la pregunta, pero sugiere —y esto a Pron le parece particularmente acertado, y se lo apropia porque lo intuía pero no había atinado a expresarlo con esa claridad antes— que el actor no es un farsante ni un impostor, sino el sujeto de una cierta función que está tan legitimado para ejercer como el autor material, el «verdadero» autor de una obra, si es que hay algo «verdadero» en literatura. Muy pronto, sin embargo, su opinión, inevitablemente minoritaria, es ahogada por las voces que llaman a nuestro autor —sucesivamente, aunque no necesariamente en este orden— «imbécil», «enfermo», «retardado», «pedante», «afectado», «anormal» y, su favorito, «pedazo de carne argentina». Nuestro autor, recordémoslo, es vegetariano.

Más tarde el público acaba aceptando todo esto, por indiferencia y/o, más posiblemente, por cansancio, y Pron escribe un nuevo libro en los días que ha hurtado a los viajes y las presentaciones: sorprendentemente, el libro recibe buenas críticas y tiene unas ventas moderadas pero inusualmente altas en el marco del retroceso casi absoluto de la venta de libros, incluso de libros escritos única y exclusivamente para vender, que no son, sin embargo, los libros que nuestro autor escribe, aunque sí la mayoría. No siempre sucede cuando un libro tiene un cierto éxito, pero esta vez pasa: aumentan las demandas de que haga lecturas, conceda entrevistas y participe de eventos de naturaleza supuestamente diversa pero iguales unos de otros. Una de sus encargadas de prensa, súbitamente reconciliada con él —al igual que su editor—, lo llama un día y le dice que han montado lo que, en una repetición involuntaria de sí misma, denomina una «pequeña gira». A Pron, a quien su esposa ha dejado ya pero no ha conseguido todavía librarse de su madre ni del gato —ni, por cierto, de la asesora fiscal desorientada—, la idea lo seduce por un instante, pero luego recuerda sus experiencias anteriores y recurre otra vez al actor, para el que escribe esta vez un papel distinto.

Una de las encargadas de prensa le envía una reseña de su nueva obra en la que es posible que el reseñista hable del reemplazo, aunque también es posible que no lo haga: «Nada mejor para patentizar cómo se borra el yo narcisista que hasta obras anteriores permitía constituir un resistente epicentro elocutivo», afirma su autor. Pron finge haber comprendido, y la encargada de prensa lo finge también.

Hay algunos libros más, que nuestro autor escribe en los años siguientes y que, contraviniendo lo que sucede habitualmente en literatura −donde un éxito inicial, por moderado que sea, acaba desembocando siempre en sucesivos fracasos, como también desemboca en ellos un fracaso inicial y casi cualquier otra cosa−, suscitan una atención tan desproporcionada en relación a las intenciones de su autor y a sus méritos artísticos, más bien escasos o deliberadamente nulos, que Pron debe reemplazar al anciano, cuya salud −como nuestro autor pudo anticipar− ha desmejorado notablemente, no por uno, sino por dos actores. Esta vez escoge a un antiguo niño prodigio de la televisión española de la década de 1980 −cuyos sucesivos trabajos posteriores han sido: presentador de un concurso televisivo de crucigramas, animador de cruceros, estríper, chapero de mujeres principalmente ancianas y repartidor de anuncios de compra de oro a precios muy convenientes en la calle de la Montera− y a una joven paraguaya que fue miss Paraguarí en 1997 y a quien conoce a través de un chat erótico. Ambos viajan reemplazándolo durante los meses siguientes; en una ocasión −la primera de sólo dos en las que comparecerán ambos, en una pantomima para la que Pron ha escrito un guion alusivo−, con la finalidad de recibir un premio a la trayectoria que, de ser completamente honestos, debería ser compartido por el autor con el antiguo niño prodigio de la televisión española, la miss Paraguarí 1997 y el actor que lo reemplazó en primer lugar, pero que desafortunadamente ya ha fallecido: según su viuda –que inicia acciones legales contra nuestro autor–, por problemas de salud derivados del ejercicio de su último papel, que realmente ha sido el último. (El juez desestima la demanda, así como una investigación independiente según la cual el actor se habría suicidado al enterarse de que había perdido su papel; otra versión, de acuerdo con la cual el anciano habría huido del país tras enterarse de que Pron pretendía suicidarse literariamente para darse él mismo a la fuga, ni siquiera es considerada por el tribunal.)

La existencia de dos o tres personas que ejercen el papel de Patricio Pron supone para éste unas dificultades que se multiplican por dos o por tres en relación a las que tenía cuando sólo había un Patricio Pron y era él. Nuestro autor, que desafortunadamente no ha pensado en esto antes, tiene que escribir sus libros en los escasos momentos en que no está abocado, por fuerza, a escribir los parlamentos de los actores que lo reemplazan, las respuestas que estos dan en las entrevistas que se hacen a Patricio Pron, las palabras triviales que intercambian con los taxistas, los empleados de la editorial, los que les piden dinero cuando Patricio Pron, cualquiera de los dos, está sentado en la terraza de un bar leyendo el periódico; Pron tiene que escribir las dedicatorias de los libros que firman el antiguo niño prodigio y miss Paraguarí, los chistes que deben hacer en las cenas posteriores a los eventos e incluso las réplicas sarcásticas e inteligentes que Patricio Pron debe darles a los otros jurados de un concurso del que es jurado y de cuyas deliberaciones no puede saber nada de antemano, lo que lo obliga a pensar y poner por escrito todas las posibilidades, todas las variantes de un diálogo futuro que a continuación sus reemplazantes deben memorizar de algún modo: el resultado es un guion de ciento sesenta páginas.

(Un día, por otra parte, tiene que escribir un diálogo sobre el tiempo entre Patricio Pron y la reina de España para un agasajo en el palacio de esta última: escribe un guion por si llueve, otro por si está nublado, otro por si brilla el sol y dos guiones más: uno por si ha llovido pero en ese momento brilla el sol y otro por si brilla el sol pero la lluvia, por alguna razón, parece inminente. También escribe uno por el caso de que nieve, aunque el agasajo tiene lugar en Madrid en agosto, bajo un sol de justicia.)

Miss Paraguarí comienza a exigirle que le escriba diálogos que posean un doble sentido y permitan a Patricio Pron —es decir, a «su» Patricio Pron— completar sus ingresos con una carrera en el teatro picaresco y de enredos sentimentales para la que, lamentablemente, la joven carece de todo talento, excepto los naturales y/o adquiridos gracias a la inventiva y la habilidad de los cirujanos plásticos. En otra ocasión, hace que le escriba un parlamento para que ella declame en el cumpleaños de su sobrina, sobre cuyo nombre, naturaleza y estado de salud Pron tiene que ser informado a su pesar: se trata de una niña muy graciosa y encantadora, se llama Dallys (sic), cumple ocho años, no es buena para las matemáticas pero destaca en las clases de biología y de lengua, le gusta bailar, recientemente le han puesto un parche en el ojo para corregir su estrabismo. Una vez le exige que le escriba lo que debe hablar con un empresario textil que la ha invitado a cenar esa noche y le interesa especialmente; a nuestro autor no le gusta la idea de cenar con un empresario textil —es decir, no le gusta la idea de que Patricio Pron cene con un empresario textil, que posiblemente sugiera y/o exija a continuación irse a la cama con él— y se lo dice; sigue una discusión, y Pron despide a miss Paraguarí, pero un par de días después debe volver a contratarla, en esta ocasión duplicándole el salario: según una encuesta de su editorial sobre quién ha sido, hasta el momento, el mejor Patricio Pron, miss Paraguarí —que se ha vuelto, teme Pron, adicta a las cirugías— ha ganado por un margen amplio, absolutamente irrebatible, en no menor medida gracias a la inventiva y la habilidad, etcétera.

Nuestro autor decide recuperar lo que cree suyo y quizás ya no le pertenezca o no le haya pertenecido nunca: anuncia que dará una conferencia acerca del tema del doble, en la literatura y fuera de ella —aunque su teoría es, por supuesto, que no hay ningún «afuera» de ella—, dice que irá el «verdadero» Patricio Pron, que será la primera de muchas comparecencias similares, posiblemente de una gira; sin embargo, olvida el hecho de que ese día Patricio Pron «actúa» en dos lugares distintos de la ciudad, un asilo para ancianos y un club de lectura para madres solteras. (No conviene descartar la posibilidad de que sea al revés, y el asilo sea para madres solteras y el club de lectura para ancianos, ya que la multiplicación en los últimos tiempos de las apariciones de Patricio Pron hace que éste pierda la cuenta; en cualquier caso, los clubes de lectura siempre son para ancianos, ya que la misma idea de un club de lectura es vieja y quizás, incluso, demodé: que las madres solteras sean ancianas queda descartado de plano, sin embargo.) A su evento concurren tres personas, dos de las cuales se marchan antes de que haya acabado; en contrapartida, según le cuentan, las presentaciones en el asilo y en el club de lectura resultan ser enormes éxitos, de los que el antiguo niño prodigio de la televisión española y miss Paraguarí —esta última ya convertida en la amante del empresario textil, que le dice que está intentando divorciarse— esgrimen la siguiente vez que le exigen un aumento de sus honorarios. A raíz de este fracaso, nuestro autor no vuelve a presentarse en público; de hecho, abandona todo deseo de ser Patricio Pron en abierta competencia con dos reemplazantes que, como es evidente, lo han superado en la indeseable tarea de hacer de él mismo.

Una vez intenta pagar en un restaurante con su tarjeta de crédito: al camarero le cambia el rostro cuando lee el nombre que hay escrito en ella y se retira discretamente; a continuación viene el *maître*, hay una discusión, los comensales abandonan sus platos para observar la escena, los cocineros se asoman por el ventanuco de la cocina con aspecto amenazador. El *maître* acusa a nuestro autor de no ser Patricio Pron, de fingir serlo y haber falsificado su tarjeta de crédito. Nuestro autor se queja, lo insulta, rompe en un llanto rabioso mientras su segunda esposa finge mirar hacia otro lado; en ese momento, Pron echa muchísimo de menos a la primera, que hubiese solucionado el problema en vez de mirar al costado o fingir no mirar en absoluto. Finalmente debe llamar al antiguo niño prodigio de la televisión española, que llega, sonríe, le dedica un libro al *maître* y promete volver al restaurante en cuanto sus ocupaciones se lo permitan, se saca una fotografía en la cocina con el personal, paga la cuenta, abraza a nuestro autor mientras lo conduce a la salida como si fuese su hijo, un hijo mitómano y descarriado. Naturalmente, a continuación, en agradecimiento, Pron tiene que subirle el sueldo.

(Desenlace)

A partir de este momento las cosas suceden aún más velozmente y no se limitan a tener lugar en un restaurante, en una conferencia poco concurrida sobre el doble en la literatura y fuera de ella —aunque ya hemos dicho que no hay nada fuera de ella– o en el cumpleaños de una niña llamada Dallys (sic) que lleva un parche en el ojo, sino en la mente de nuestro ya definitivamente maduro –de hecho, prácticamente anciano– autor: un día, cuando consigue completar los parlamentos de Patricio Pron para el día siguiente, cree recordar un cuento que lo impresionó mucho.

En él, una mujer recibe en su casa al propietario de la funeraria en la que dos días atrás han tenido lugar las exequias de su marido. La mujer está todavía destrozada, pero el hombre, con una penosa falta de tacto, intenta seducirla aprovechando el hecho de que ambos están, por primera y quizás por última vez, solos. La mujer se da cuenta de los avances y procura desalentarlos discretamente. Aunque el propósito formal de la visita es transmitir condolencias y cobrar por el servicio, inobjetable, que ha prestado la funeraria, y a pesar de que la conversación nunca abandona los caminos trillados de este tipo de diálogos –se habla de la brevedad de la existencia, de nuestra insignificancia frente a la naturaleza circunstancial y limitada de la vida, de la necesidad de superar las pérdidas–, el tono melifluo que adopta el dueño de la funeraria y la forma en que, en un momento, toma entre las suyas las manos de la mujer, el modo en que se aproxima a ella y echa sobre su rostro un aliento que huele a caramelos de violeta y a pegamento de encías, desmienten el hecho de que sólo está cumpliendo con su deber profesional. Quizás el hombre también busque consuelo, de una pérdida u otra: en un momento intenta besarla, pero la mujer se pone de pie y lo despacha. El dueño de la funeraria se dirige hacia la puerta, avergonzado, y entonces la mujer descubre en la espalda de su chaqueta un hilo suelto, que ondea en el aire mientras abandona la sala, y recuerda dónde vio un hilo suelto por última vez. Fue en la chaqueta que compró para que enterraran con ella al marido; cuando se la entregó al dueño de la funeraria, la mujer le pidió que se lo quitara antes de ponérselo al muerto, pero ahora descubre que, en ése y en otros aspectos del ejercicio de su profesión, el dueño de la funeraria no es un hombre meticuloso.

Nuestro autor cree recordar que el cuento es de Bernard Malamud, pero lo busca en sus relatos completos y no da con él; se lo atribuye a continuación a Isaac Bashevis Singer, pero el relato tampoco está en los libros que ha leído del autor y de los que dispone en su casa; piensa incluso que podría tratarse de un cuento de Nicolai Gógol o de Bruno Schulz: en los días sucesivos, relee a ambos autores y no da con el relato. Quizás se ha vuelto, por fin, piensa, dándoles la razón tardíamente a su editor y a muchas otras personas, «como una puta cabra». Va a pensar en la historia de la mujer y del dueño de la funeraria varias veces en los años que vienen, prácticamente hasta su muerte, sin saber que a la historia la ha inventado él, como al juego de espejos que concibió inocentemente y que desde hace años lo acompaña. No lo acompañarán su segunda esposa, que inevitablemente lo habrá dejado, ni su madre y el gato —la primera, incinerada y arrojada a un mar que habrá hecho lo posible para apagar tanto fuego, y el segundo, enterrado en un macetero del que surgirán flores amarillas y hambrientas—, y ni siquiera la asesora fiscal desorientada, que se habrá retirado poco antes de que nuestro autor descubra una deuda monstruosa, realmente impresionante, con la oficina de impuestos: pero sí lo acompañarán las visiones que produjo y una obra que será y no será suya, repartida como estará entre dos o tres voluntades y las voluntades y las visiones de cientos de lectores. Naturalmente, y contra su deseo, hablarán en su entierro dos personas, y ambas llevarán su nombre.

QUIEN TE OBSERVA EN EL ESPEJO
DESAPARECERÁ CONTIGO

Algo después de que yo muera, mi hijo estará sentado en el asiento trasero del coche de mi padre sosteniendo entre sus manos una caja de cartón con mis cenizas. Mi hijo no sabrá que su padre se habrá encontrado decenas de veces en la misma situación a lo largo de su vida, sentado en el asiento trasero del coche de su padre, mirando alternativamente su nuca (siempre habrá preferido sentarse a sus espaldas, posiblemente para escapar de su mirada; o tal vez ése haya sido el sitio que le tocó desde el comienzo de los tiempos, cuando sus hermanos y él decidieron (o, más probablemente, decidieron sus padres) que primero se sentaría el primogénito, luego lo haría el hermano más pequeño (que pronto superaría en altura al resto de los miembros de la familia, y al que se le procuraría, a modo de distinción pero también por razones prácticas, el sitio del medio, de forma que pudiera estirar, aunque fuese malamente, las piernas) y finalmente la hermana, la segunda hija del matrimonio de sus padres, que habrá actuado siempre como enlace o nexo entre los padres y sus hijos, dando a los padres, especialmente a la madre (quien, por no conducir, habrá tenido la mayor parte del tiempo las manos libres) las cosas que sus hermanos querían darle, o (lo que habrá sucedido más frecuentemente) lo que la madre entregaba a sus hijos, cosas como bocadillos y tazas de té o lo que sea que bebiesen cuando viajaban (nunca café, porque en su casa nunca habrá habido café, ni siquiera para las visitas; ni siquiera para mi hijo, quien, cuando haya comenzado a visitar a sus abuelos, ese par de ancianos singularmente jóvenes pese a todo (al menos rebeldes y radicales como suelen ser los jóvenes (es decir, como nunca fue su padre, que siempre fue un anciano a ojos de sus padres y (me temo) también de su hijo, y quizás tal vez de su esposa (aunque ella nunca le habrá dicho nada semejante y probablemente no habrá pensado en decírselo nunca pese a que, como habrá parecido evidente en un par de ocasiones, lo haya pensado, puesto que a ella (con esa inteligencia suya que siempre la habrá puesto un paso más allá de la inteligencia y a metros de las calamidades, siendo esto lo que al padre más lo ha enamorado de ella, incluso más que su belleza (que es notable, como admite el mismo hijo)))))), esos habitantes de un país raro, no exactamente en las antípodas del país donde mi hijo se habrá criado, puesto que, en sustancia, ambos países comparten idioma y algunas referencias culturales comunes, como por ejemplo el catolicismo, esa aberración que tanto daño le ha hecho a los dos países, impidiéndoles desarrollar instituciones políticas medianamente confiables y condenando a sus habitantes a la ilusión de que Dios (el dios que no pudo impedir ser crucificado en nombre de un estúpido malentendido, como le habrá contado su padre (quien una y otra vez le habrá dicho (para prevenir su conversión, que en el caso de su padre sucedió a los nueve o diez años de edad y con la misma súbita intensidad con la que se disipó unos tres o cuatro años después) que lo que quienes se habían congregado frente al palacio de Poncio Pilatos le reclamaron en el conocido pasaje de los Evangelios no fue la vida de un ladrón sino la de «Bar Abba», lo que en cualquiera de los lenguajes que se hablaban en esa época en Palestina (mi hijo no recordará si su padre le habrá dicho que arameo o árabe, aunque esto es más improbable), que su padre siempre se habrá negado a denominar con otro nombre que ése y al árabe como su único idioma ya que el hebreo siempre le habrá parecido un invento de la peor época de los inventos, es decir, del período de los nacionalismos (no así el bello yiddish, que siempre habrá leído con dificultades por el hecho de haber aprendido alemán en su juventud, y la cultura judía, de la que siempre habrá hablado con la admiración no exenta de contradicciones con la que se habla de algo a lo que uno hubiera deseado pertenecer, a una cultura y a un idioma que no son exactamente los mismos que existían en Palestina en los tiempos de la ocupación romana, por otra parte), cuando (según su padre) lo que los congregados frente al palacio de Poncio Pilatos querían decir al gritar «Bar Abba» era «el hijo del Padre», es decir Jesús, y que por esa confusión habrían liberado a un ladrón llamado «Barrabás» y crucificado a Jesús, quien, por cierto (siempre en palabras de su padre), fue el hijo de un cobarde que prefirió dejar morir a su hijo en vez de morir él, cuando es evidente que (y esto lo habrá sabido su padre desde el primer tembloroso momento en que habrá tenido a su hijo en los brazos) un padre siempre preferirá morir antes que su hijo, en lo posible para evitar que muera él, de tal modo que la idea de que el hijo muera para mayor gloria del padre es una idea espantosa, realmente terrible)), de tal forma que su padre, en su ferviente rechazo al catolicismo, del que habrá sido víctima, como tantos, habrá pensado en más de una ocasión en enviar a su hijo a colegios religiosos, lo que su padre siempre habrá considerado la forma más adecuada de evitar que un hijo se vuelva católico, cosa que no habrá hecho por la oposición de su esposa, la madre del niño, que habrá descartado la idea de inmediato (salvando así, de algún modo, el alma de su hijo (si es que el alma puede ser salvada, cosa que el padre, quien siempre habrá afirmado que tener un alma es ya estar condenado, hubiese negado enfáticamente)) (pero no así su cuerpo), puesto que, para cuando mi hijo haya comenzado a visitar a sus abuelos, ya se habrá convertido en un adicto al café, como lo fue su padre, y como también lo fue Honoré de Balzac, si el hijo no recuerda mal (o tal vez fuese Guy de Maupassant), de manera que, para cuando haya comenzado a visitar a sus extraños abuelos, el hijo habrá desarrollado la costumbre de escaparse regularmente para beber una taza de café en algún bar porque los padres de su padre nunca habrán tenido café en la casa), de manera que no habrá sido precisamente café lo que la madre de su padre habrá entregado a la hija para que ésta se lo diese a su vez a sus hermanos (quizás a sabiendas de que la hija iba a continuar ejerciendo su función incluso después de que ella misma hubiera comenzado una familia propia (insertada en su familia original a modo de un paréntesis dentro de otro paréntesis, que es la forma en que las vidas de los hijos se insertan en las de los padres))), un pensamiento en la nuca del padre y el paisaje, que pasa velozmente por la ventanilla, y, así como mi hijo no sabrá que ocupa el mismo asiento que ocupaba su padre, tampoco sabrá que estará pensando lo mismo que pensaba su padre en los largos viajes que hacía con sus propios padres, cuando odiaba fervientemente las extensiones argentinas, aunque se cuidaba mucho de decírselo a su padre (es decir, al abuelo de mi hijo), que habrá sido y será un nacionalista argentino (es decir, una víctima a tiempo completo de una historia de la que mi hijo sólo será una víctima a tiempo parcial, lo que su padre siempre habrá considerado una victoria personal, aunque, desafortunadamente, sólo una victoria a medias (pero es evidente que su padre se hubiese sentido menos orgulloso de ella si estuviese allí en ese momento, en el interior del coche, para ver que su hijo (siendo, como es, sólo un argentino a medias o un medio argentino) pensará las mismas cosas que pensaba él cuando iba en coche con sus padres y su padre le hablaba de las maravillas de Argentina, que sólo existen (y esto siempre lo habrá destacado su padre) en la imaginación de los nacionalistas argentinos y en los libros de su literatura nacional, esos sí, los únicos que su padre habrá reclamado siempre como su país de pertenencia, un país establecido profundamente en él, en una capa geológica de su conciencia ubicada a una profundidad mayor que aquella que habrá albergado los símbolos superficiales del país en el que nació (el cual, como todo lo importante, no es algo que alguien haya escogido nunca), cosas como un acento o una bandera o la inescrupulosa ingesta de animales (la capa geológica en la que habrá estado en la cabeza de su padre la literatura argentina habrá estado más profunda (y, por consiguiente, menos expuesta a la erosión) que la de los símbolos nacionales, que al padre de mi hijo le habrán provocado siempre la perplejidad que supone comprender que millones de personas han creído en su país y en otros países que una nación puede ser simbolizada de alguna manera o que hay algo que se pueda definir como una «identidad» nacional (así como al padre de mi hijo siempre lo habrá dejado perplejo que alguien quisiera «ser» de un país, como quien dice «ser propiedad de» un traficante de esclavos (habría dicho su padre con su habitual exageración, que siempre habrá hecho elevar los ojos al cielo a su madre))), de tal manera que su padre le habrá enseñado a mi hijo que la única pertenencia posible, por impuesta, es a una clase social, y en ese sentido su padre siempre se habrá dicho perteneciente a la clase obrera, y basta, como si la clase obrera se encontrase en una capa geológica inferior a la que albergaba o albergaría a la literatura argentina, aunque lo cierto es que debajo de aquella capa habrá habido una capa más profunda aun en la que habrán estado sus padres y sus hermanos y esos viajes en coche en los que el padre de mi hijo alternaba la desesperación con el aburrimiento, dormía, leía y dejaba hervir los pensamientos en su cabeza como si ésta fuera una cazuela (aunque, como hemos visto, sería más apropiado describirla como una sucesión de capas geológicas, en las que aquellos viajes ocuparían el estrato más profundo y, por consiguiente, el más importante, desde el que irradiarían su influencia, maléfica o beneficiosa (poco importará ya) sobre el resto de las capas, incluyendo la capa inmediatamente anterior a la capa más superficial, en la que, tal vez (pero esto el padre de mi hijo no lo habrá reconocido nunca, al menos no de manera pública), habrá habido espacio para las personas que habrá conocido en Argentina, todas esas personas que habrán llevado a cabo su trabajo silenciosamente, como las enfermeras que alguna vez lo atendieron en una circunstancia u otra y las maestras, e incluso los empleados de las gasolineras del interior de Argentina, que allí llaman «estaciones de servicio» (como mi hijo habrá aprendido en el primer viaje con sus abuelos y recordará en ese último viaje, al que habrá sido arrastrado por mi padre, que insistirá en que las cenizas de su hijo sean arrojadas en la desolación argentina, lo cual puede que no haya sido de ningún modo el deseo de su hijo, quien no habrá dejado expresada su voluntad en un sentido u otro, convencido como estaba del buen criterio de su esposa y desinteresado por todo lo relacionado con lo que suceda tras su muerte, incluso con aspectos tan prácticos como el destino de sus cenizas, ya que el padre de mi hijo siempre habrá pensado que después de la muerte no hay nada (o, si ha creído lo contrario, se habrá guardado bien de decirlo, al menos de decírselo al hijo, que siempre habrá estado convencido (aunque nunca se lo habrá dicho a su padre) de que su padre no era un ateo ni un agnóstico sino el adherente a una religión personal, adquirida en la frontera entre Irak y Turquía o tal vez en el Sáhara y traída con él de esos viajes))), así que el padre del hijo de mi padre se habrá impuesto, de tal manera que mi hijo, su abuela y él habrán iniciado poco después de mi muerte ese viaje que los encontrará, ya cansados, en las proximidades de una gasolinera, en la que se detendrán para repostar y beber un café (mi hijo) y un té (mis padres), para orinar (mi madre) y lavarse el rostro (mi hijo) y para contemplarse un largo instante en el espejo, preguntándose si se parece a mí (lo que, con un poco de fortuna para él, no será el caso) y luego subiendo nuevamente al coche, para volver a desplazarse por las inmensidades argentinas, como lo harán en el momento en que descubran (o más bien descubra mi hijo, que extenderá la mano y rozará el vacío en el asiento trasero, a su lado) que ha olvidado la urna de cartón con las cenizas de su padre en el baño de la gasolinera, y se lo dirá a mi padre, que de inmediato girará en redondo para regresar al establecimiento sólo para descubrir allí que el servicio de limpieza ya ha cumplido su cometido, haciendo honores al que es el eslogan de la compañía propietaria de la red de gasolineras, que ofrece a sus clientes limpieza y servicio a precios moderados (pero sobre todo limpieza), y ya las cenizas de su padre viajarán con la basura general en el camión que, en nombre de la política de la compañía, y dos veces por día, arrojará esas cenizas en el basurero más cercano, que es donde van a parar todas las cosas, también los testimonios de las personas que nos han amado y para las que hemos sido importantes.))))

NOTA FINAL

No parece posible dar cuenta de la totalidad de las apropiaciones y citas que tienen lugar en este libro, pese a lo cual, quisiera dejar constancia aquí de algunas: las citas de Grace Paley provienen de algunos relatos incluidos en sus espléndidos *Cuentos completos*, en especial de «El instante precioso», y la de Milton Rokeach, de su libro *Los tres Cristos de Ypsilanti*; las vacilaciones del narrador de «Salon des refusés» están inspiradas en los relatos de Stephen Dixon, y la cita de Ricardo Piglia que preside el relato procede del segundo volumen de *Los diarios de Emilio Renzi, Los años felices*. La frase «lo que está y no se usa nos fulminará» pertenece a la canción de Luis Alberto Spinetta «Elementales leches» (*Invisible*, 1974) y fue cedida gentilmente por sus herederos. La historia del niño que no puede recordar el final del chiste debe de ser una apropiación de algún texto de César Aira, aunque en este momento me resulta imposible saber de cuál; de la misma forma en que «Oh, invierno, sé benigno» está basado en el formulario de ingreso a los Estados Unidos, «He's not selling any alibis» se basa en la inclusión en la edición de lujo de *The Cutting Edge 1965-1966* de Bob Dylan de veinte versiones de «Like A Rolling Stone» que documentarían su creación y registro; el título del relato «Este es el futuro que tanto temías en el pasado» es una paráfrasis de un pasaje decididamente mejor de *El fondo del cielo*, la novela de Rodrigo Fresán, y la frase «As coisas estão mal no país. As coisas estão tão mal que, se eu estivesse morto, eu preferiria ficar morto como estou», la traducción de una del escritor argentino Osvaldo Soriano; el relato en el que se incluye («La repetición») abreva de las fuentes de la *nouvelle* de Mercedes Cebrián «Qué inmortal he sido» y, por supuesto, de la novela de Adolfo Bioy Casares *El sueño de los héroes*: algunos escritores escribimos «con» nuestra biblioteca, y es posible que sobre ese relato se proyecte la sombra de Georges Perec en la misma medida en que sobre otros se proyectan su sombra y las de otros escritores.

Algunas personas sin las cuales este libro sería otro merecen un agradecimiento público, creo: Claudio López Lamadrid, Carlota del Amo y Melca Pérez, inspiradores de «Este es el futuro que tanto temías en el pasado»; Claudia Ballard y Raffaella De Angelis (William Morris Entertainment), Valentín Roma, Rodrigo Fresán, Alan Pauls, Graciela Speranza, Iban Zaldua, Juan Casamayor, Andrés Calamaro («¿Viste cuántos países que ya no existen?») y los Hateful Seven, Matías Rivas, Eduardo De Grazia, Daniel Gascón, Juan Cruz Ruiz, Iker Seisdedos, Javier Rodríguez Marcos. Una vez más, este libro es para Giselle Etcheverry Walker («May your heart always be joyful / May your song always be sung»), pero también para Mao Tsé Tung (¿?-2017), quien vivió y peleó a nuestro lado y asistió a la escritura de este libro desde mi regazo y, más habitualmente, echado sobre el teclado o entorpeciendo la vista de la pantalla. Gracias, Mao.